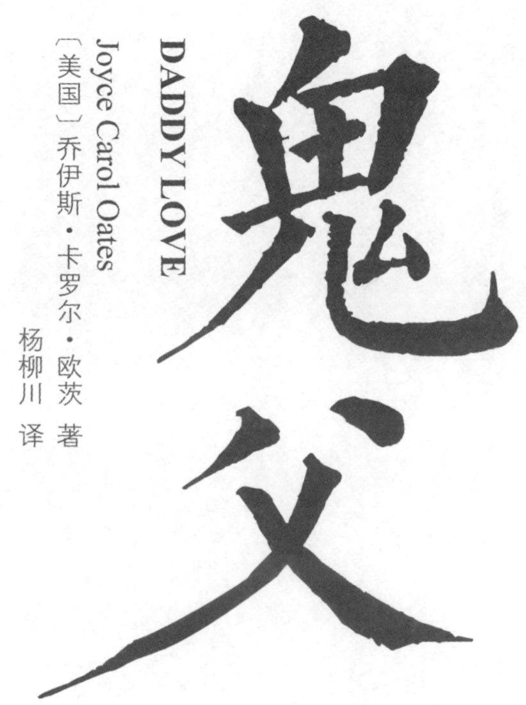

鬼父

DADDY LOVE

Joyce Carol Oates

〔美国〕乔伊斯·卡罗尔·欧茨 著

杨柳川 译

译林出版社

第一篇

2006 年 4—9 月

第一章

密歇根州伊普西兰蒂市

2006 年 4 月 11 日

牵着我的手，她说。

他乖乖地将小手放到妈妈手上。这一幕，就发生在绑架前 5 分钟左右。

看到我们的车没有？她问他，还记得车停在哪儿吗？

这是一种游戏。他负责回忆车在购物广场停车场的位置，这样他就可以学会仔细观察，用心记忆。

那是爸爸的日产汽车。浅灰绿色，在一排排车辆中并不显眼。

大多数时候，只要不处于现在这种疲倦、烦乱的状态，他都是个机警的孩子。

记得吗，我们把车停在哪家商店前面，是家得宝建材店还是克雷斯吉油漆店？

妈妈将目标范围缩小到两个地方，好帮助罗比想起来。购物广场真是让这个 5 岁的小家伙目光应接不暇。

罗比盯着前方，仔细寻找，辨认，显然把找车当成了自己的责任。

妈妈开始担心，这愚蠢的游戏是不是做得有点过分？现在儿子开始着急了。

他忍不住问，妈妈，车是不是丢了？妈妈，如果车丢了我们怎么回家呢？

妈妈微笑着说，别急，宝贝。我保证，车没丢。

她记得，这停车场常常是一片车海，但因为已经临近周日黄昏了，现在只有三分之一的车位停着车。她还记得，高高灯柱上的弧光灯还没开。

利伯蒂维尔购物广场那明亮刺眼的弧光灯也没开。

她的日产汽车就停在面朝克雷斯吉油漆店门口的一排车之间，前面还有五六辆车。油漆店正面用灰泥粉刷过，画着充满节庆气氛的彩虹，格外引人注目。

利伯蒂维尔购物广场的人气很旺。走近购物广场门口，就能听到流行音乐，感受到空气里弥漫的热闹气氛。

在那些大型停车场，黛娜不敢凭空记忆，她总是把车停在标志物附近，让那位置深深印在脑子里，然后才走开。找个形象的标志物，而不是试图去记符号。字母和数字都很容易忘记。

除非，她把泊车位置写在纸上，可她从没这么做过。

寻找车子的罗比越来越烦躁。因为紧张，他拉着妈妈的手在轻轻颤抖。他的小脸蛋也像只小兔子般在颤抖。

她向他保证，她确定车就在那边，下一排，就在那辆庞大的SUV（运动型多功能车）后面。在与油漆店垂直的那排车中间。

罗比在竭力搜寻，似乎确定车已经丢了。

可是，如果爸爸的车丢了，他们怎么回家呢？

妈妈问罗比知不知道“垂直”是什么意思，但他似乎没听见妈妈的问话。罗比通常会对新奇的词语着迷，但现在他是那么心烦意乱。

妈妈，如果……车丢了呢？

该死！她后悔玩这愚蠢的停车场游戏了。也许，这游戏有时很好玩，但现在显然不合适。之前，罗比在购物广场里玩得太兴奋，都没打过瞌睡，但现在他急得快要哭了。她心底涌起想要保护他的强烈愿望，想要握紧他的手，让他确信他是安全的，她也是安全的，车就在几米之外，没丢。他们没把车弄丢。

可是，当她来到原来停日产汽车的那排车子面前时，车却不在那儿。

那意味着她把车停在了下一排。肯定是下一排。

车就在那儿，罗比，下一排。

千万别让孩子察觉到你心中那种愚蠢的不确定感。

一阵突如其来的自我厌恶感，如刀锋刺心般疼痛。你要掩饰住，千万别让孩子看出来。

黛娜更加积极地想——（好妈妈就是坚持积极思维的妈妈）——还好，孩子的恐惧很快会消散。罗比的焦虑会在他看到他们车子的瞬间消失。等他们回到家，爸爸也回家吃晚饭的时候，他就会完全忘了这件事。

爸爸会问罗比他们那天做了些什么，罗比会告诉他购物广场里的一切：他们买了哪些东西，他们去过哪些店铺，那些鼻子粉嫩的复活节小兔子是那么白白胖胖。购物广场中庭围栏里的小兔子。他怎样把小手从围栏间伸进去抚摸小兔子；因为游客可以抚摸小兔子，只要他们不给小兔子喂食，或惊吓到它们。

围栏上挂着一块牌子：可以抚摸，但别拧我。

罗比会爬到爸爸膝上询问，就像他问妈妈那样，他们可不可以拥有一只复活节小兔子。爸爸也会像妈妈那样回答，今年还不行，但明年复活节也许就可以。

然后爸爸会低声对妈妈说，也许是罐焖野兔。还有红酒。

牵着罗比穿过迷宫般停泊的车，现在她确定看到自己的日产汽车了，就在她先前泊车的地方。黛娜顿时感到一阵轻松和喜悦，她差点脱口而出：看到没，宝贝？车就在我们原来停放的地方。

第二章

“罗比，来！牵着我的手。”她说。

他乖乖地将胖嘟嘟的小手放到妈妈手中，她捏了捏他的手指。一股幸福的暖流在妈妈和5岁儿子心中荡漾。

她脑子里突然闪过一个无法描述的念头，是种不可言说的感觉。

做母亲后，她发现了太多无法言说的感觉。

“看到我们的车了吗？是爸爸的车？还记得我们把车停在哪儿了吗？”

那是爸爸的2001款日产轿车，很酷的浅灰绿色轿车。

当他们一起外出时，妈妈就用这样的机会教导罗比。她不想让儿子像这个电子媒介时代的许多孩子那样消极被动。她愿意让儿子积极参与到自己做的所有事情中，只要适合他学习就行。

罗比无疑能够帮妈妈看购物广场地图，确定店铺位置，因为他那5岁的小脑瓜能很快搭配颜色，很快将名称和数字与相应色块匹配起来，就像玩棋盘游戏一样。

从3岁起，每当妈妈停车时，罗比就“负责”记下妈妈泊车的位置。

大多数时候，他是个机灵、活泼、乖巧的孩子，只要让他说，他就会尽兴地说个不休。他会不停地问爸爸妈妈一连串的问题：为什么？为什么？为什么？

他两岁时就会说很多很多的话。3岁时，罗比的词汇量大大增加，运用词汇的能力也显著提高。

那时，要让这个爱动脑筋的小家伙一觉睡到天亮，可真不是件容易的事儿。他常常在凌晨3点半醒来，跑到爸爸妈妈床前说，他已经完全睡够了，所以现在一定是早晨了。

妈妈温和地问："记得吗，我们把车停在哪家店前面了，是家得宝建材店还是克雷斯吉油漆店？"

她将范围缩小到两家商店，好帮助罗比回忆。购物广场里的商品琳琅满目，让罗比目不暇接。在这儿购物，他兴奋不已，但也疲惫不堪。

"家得宝，还是——克雷斯吉？"

罗比盯着前方，竭力张望寻找着。他很认真地把找车当成了自己的责任。

这是游戏，又不完全是游戏。现在黛娜开始担心，她把这游戏做得太过分了。如果罗比找不到车，他就会对自己失望，会感到烦乱。

问题在于，对一个爱动脑筋的孩子而言，他往往对自己设置更高的标准，但自己又没意识到。而且，也的确不该让一个5岁的孩子经受可能的失败。

和妈妈一起购物时，罗比就像一只扑腾着翅膀的小鸟——精力那么充沛！有那么多东西可以看，有那么多问题要问！妈妈，这是什么？妈妈，那是什么？购物广场设了个复活节兔子展，那些鼻子粉嫩、白白胖胖的小兔子令他欢欣雀跃。他使劲拉着妈妈的手，她手臂都给拽疼了。她对朋友们开玩笑说，就像对惠特说过的，她的身体都快失去平衡感了——因为身体经常倾向小家伙，所以身体有点微微往右斜了。

他是个快乐的孩子。他不是那种烦躁不安、哭哭啼啼、哼哼唧唧的孩子。然而，他还是有烦乱的时候，特别是做了他觉得应该做好却没做好的事，或是不小心尿裤子时，罗比会因为失望、受伤和愤怒而号啕大哭。一个 5 岁孩子脸上悲伤的表情，需要伦伯朗那样的大画家才能把那么细腻、聪敏和伤痛的表情表现出来。那些时候，黛娜会对孩子产生一种敬畏之情。

那时候，她会觉得，罗比似乎不是自己的孩子，而只是一个“孩子”而已。

罗比担忧地说，他们的车不在原来的地方，是吧？车“丢”了，对吗？

妈妈说，没丢，车绝不会丢，“只要再过一分钟，也许我们一分钟内就会看到车。”

罗比问，如果车“丢”了，他们怎么回家呢？

“宝贝，耐心点儿。我保证，车没丢。”

她回想起自己还是个小孩时，丢失这念头像个小小魔咒，也曾让她一度烦忧不已。

所有孩子都会在某种程度上担心丢失。丢失是一种没人能说清楚的事，因为丢失是一种神秘的感觉，就像灵魂深处的迷失。

黛娜记得，停车场常常是一片闪亮的车海，在周日将近黄昏的时刻，只有三分之一的车位停着车。她还记得，那时高高灯柱上的弧光灯还没开。暮霭沉沉，她的视线似乎也因此变得模糊，感官也没有平时那么敏锐。的确，她累了。

她从未对丈夫承认自己累，更别提对儿子这么说。对她而言，让人看出她的疲惫是一件难堪的事，令人失望，并值得警醒，因为她认为疲惫通常是身体羸弱的表现。如果你生活快乐、幸福，就永远不会觉得累，就会因快乐而总是神采奕奕。

她没有宗教信仰。然而，在灵魂最深处，她会说，是的，我相信。

惠特会笑话她。惠特常笑话这些陈词滥调，笑话她身上那些他自己没有的弱点。

她把车停在正对克雷斯吉油漆店门口的方向，就在五六排车后面。油漆店的灰泥建筑正面粉刷着一道彩虹，格外引人注目。

在大型停车场，不能光依赖空间记忆。她总是先找一个能深深印在记忆里的标志物，再把车停在那附近。她更愿意凭借形象的标志物，而不想去记符号，因为字母和数字都太容易忘记，除非用笔写下来。

可是她确实记得，车停在停车场 C 区。

罗比在购物广场玩得兴奋过头了，每扇橱窗的展品都吸引着他的注意。一些展品（电子器件、玩具、体育用品）新奇而好玩，他向妈妈问了一串又一串的问题。他似乎已经忘了克雷斯吉油漆店，虽然当他们离开停车场时，妈妈还给他指了指油漆店的正面，那儿画着充满节庆气氛的彩虹。显然，干扰太多了，要看的东西太多了。因为紧张，罗比拉着妈妈的手轻轻颤抖着，他的小脸蛋也像只小兔子般颤抖着。她想亲亲他。他看起来那么不知所措，同时又那么有责任心。

在这种时刻，狠心的父母可能会说，记住车停在哪儿是你的责任啊；如果你找不到车，车就丢了，我们无法回家啦。可她不是这样狠心的母亲，她从不这样说。

虽然她自己在罗比那么小的时候，她母亲也许对她说过这样的话。

当然，她母亲不是正儿八经地说，只是开玩笑。黛娜的母亲喜欢开这样的玩笑。

别去那边。回来！

“宝贝，我觉得车在那边，在那辆 SUV 后面。只是我们还看不见，但是，车子所在的位置是与油漆店门口垂直的，对吗？”

罗比不确定。他使劲张望寻找着。

“就是那个油漆店，画着各种颜色的那个，车就在那边。”

罗比摇了摇头——他很担心，皱起了眉头——车不在那儿。

“罗比，等等。别再这样拉我了！车在那边。”

黛娜无奈地笑了。孩子虽然小，手却很有劲。

但事实上，成年人必须牢记：孩子是脆弱的。

有时候，简单的事实却让人容易忘记。当她和罗比在一起待了一阵子，没人打扰他俩——在车上，或者在家；看电视，读故事书（“读书”是罗比认为他自己正在做的事，虽然妈妈知道，他只是记住了他喜欢的故事中的一些话语而已。因为，那些书她为他读了无数遍）；当他和她坐在一块儿时，他们差不多一样高；或者罗比坐在她膝上时，他还显得略高些；或是罗比在叽叽喳喳地说这说那的时候，她在笑，在漫不经心地听，在想，就像孩子父亲说过的，他们儿子的个性里有些什么特质让你觉得，他原本和你一样大呢。

而且他很机敏、聪慧，一个单词都能让他着迷。

“‘垂直’，你知道那是什么意思吗，宝贝？”

罗比不耐烦地摇摇头，不知道。

“它的意思是，就像字母‘L’，”妈妈用手画出字母“L”的形状来解释垂直的意思，“一边是这样，另一边是这样，明白吗？”

罗比不确定地点点头。他在焦急地找车：车在哪儿呢？为什么他还看不到车？

妈妈紧紧握着儿子胖嘟嘟的小手，朝她一小时前泊车的方向走去，在停泊的车辆间穿行。现在，他们正让一辆闪着微弱灯光的车通过，她握着儿子汗津津的小手，有点儿懊恼，不是恼罗比，而是恼她自己。因为她鼓励孩子玩这愚蠢的游戏，想借此加强孩子的记忆力和责任感。可现在，她觉得这也许并不是什么好办法；或者，如果说起初是个好办法，现在也不是了。有些事吓着她了，有时候，她看到年轻母亲失控，在购物广场或巨大的停车场里朝她们的孩子尖叫；购物广场里有些什么说不清道不明的东西似乎会刺激这样的情绪爆发；有时候，年轻母亲使劲摇晃自己的孩子，而你只能惊骇地盯着看，目光无法移动，尽管那是别人的私事；可你必须保护自己的孩子，别让他看到，所以你只能这么做：匆匆走开，不要回头看……

还好，罗比的担忧很快就会烟消云散，当他们找到车时（可车毕竟不在黛娜认为的位置；那一定是在下一排），罗比会一眼认出。几分钟之后他就会把刚才的焦虑忘得一干二净。毕竟，5岁孩子感情的起落就像一阵风，来得快去得也快。她会得意地说："看到了吧，宝贝？车就在我们原来停的地方。"

但她说话断断续续，字词像混凝土或粉笔颗粒从嘴里零零碎碎地掉落。她努力说的是：我记不起来了。

我想——我记不起来了。

我们快走到我们的车那儿时，什么东西击中了我——我的后脑勺，像一只大鸟——一只天鹅，从天而降，用翅膀扑打我。那翅膀锐利得像一把剑……然后我就失去了知觉。

我昏迷了，有人把罗比从我手中抢走了。我感觉到他的手指紧紧抓住我，但还是从我手里松脱了……

我昏迷了，不能呼喊求救，好像被推入水中，又浮出水面。我不知怎么站起来了——我不知是怎么站起来的，但我站起来了——我想我是在追他们——还是他？——我喊叫着，追着那辆SUV——我认为它是——或者是辆MPV（多用途汽车）——他从我手中抢走了罗比，把他弄到车里——事情发生得太突然了——他们说第一击就造成了脑震荡——当时我站着——现在我能叫喊了，我朝他们叫喊——朝他——我跌跌撞撞地追那辆车——我们到了一排车末端，停车场快要空了——似乎没人看到我们——我追在车后叫喊，然后不知怎的，我什么也看不到了，原来是血涌入了我的眼睛。那车掉转头——司机将车掉转头——他要撞我——我能看到他的脸——我能看到他狞笑时的牙——他腮帮上的胡须——戴着帽子，好像是棒球帽，帽檐拉得很低，遮住了前额。他还戴着眼镜——墨镜——他眼睛藏在一副黑色反光镜片后边，像摩托车手戴的眼镜——可我想——我不会走开——我喊着罗比，我只想把罗比抢回来——我想，车开得还不快——我一定是那么想的——我可以抓住车门把手，或用拳头打碎挡风玻璃——我想，我可以抢回罗比的——而且——我想——他把车对准我，撞倒了我……她记不起自己在停车场被车拖行了50英尺。那车歪歪扭扭地开着，又猛地刹车把她甩开。最后她的身体松软地坠落下来，像一包衣服被抛到一边。第一批目击者到来时，她躺在路面上，似乎已经没有生命迹象。大家惊恐万分地看着一个女人被一辆MPV撞倒，然后在路面上拖行50英尺，她的身体才落下来。我们刚从家得宝出来，只见肇事车加速驶离了停车场。离得很远，看不清驾驶者、车的颜色和车牌号。我们跑向躺在地上的可怜女人，她遍体鳞伤，肯定活不了了。

第三章

“来，牵着妈妈的手，罗比。”她说。

他乖乖地牵着她的手。

在购物广场里他那么兴奋，有时候都不听妈妈使唤，除非妈妈提高嗓门；但现在是在让人迷茫的停车场，这个 5 岁孩子沉默而忧虑。

她该想到这是错误的开始。

“累了吗，宝贝？我们半小时后就能到家。帮妈妈找找车，好吗？”

找车是他的责任。这是个游戏。罗比喜欢做游戏，因为他通常在游戏中表现很好。

“还没看到？就在前面。”

游戏规则是让罗比给她带路，拉着她的手让她走快点。

但罗比不能确定车在哪儿。购物广场里发生的事太多，令他兴致盎然，应接不暇；而那天早上他醒得很早，现在自然累了，容易烦躁，担忧。她几乎无法对一个活泼可爱、精力旺盛的 5 岁孩子恼怒地说，我不是告诉过你了吗，你如果不小睡一会儿，后面就会很难受？

黛娜很少责备儿子。她也很少责备任何人。

即使是在本地公共图书馆的“讲故事时间”，她亲爱的儿子罗比有时小声说话，推撞别的孩子，她也不会责备他。小孩子在这样的场合总是精力旺盛。

就算是罗比在购物广场里那么激动兴奋地挣脱她的手，迈着短短胖胖的小腿，朝复活节兔子的围栏跑去，没留意妈妈在后面嗔怒地笑着叫他。

购物广场是母亲和孩子喜欢的地方。那里有儿童游乐区，有无数供应廉价食品的“户外”餐馆。每一季都有适宜的装饰——圣诞节在购物广场持续了很长一段时间；现在随着复活节的临近，在一盆盆火红的郁金香和鲜黄的水仙花中，展出了毛茸茸的小白兔。有些母亲竟然一人带着三四个孩子，黛娜由衷地佩服这些女人。她们竟然能带好几个孩子！罗比一个就够她操心了，哪敢想象带更多的孩子。她喷涌而出的母爱，一股脑儿都投入到这唯一的孩子身上了。惠特对儿子也许不及黛娜那么着迷，但也少不了多少。

想象一下，如果罗比还有个兄弟。当一个朋友这么说时，惠特幽默地回应道，你是说他没有小弟弟吗？

“这边，宝贝。我觉得我们应该朝这个方向走。”

罗比不耐烦地拉着她的手。他一定忘了克雷斯吉油漆店，虽然妈妈给他指过油漆店五彩缤纷的正面，那么显眼，他们把它当作停车点的标志物。

她虽然注意力不太集中，但意识到有辆车，一辆 MPV 从她和罗比身边慢慢驶过，司机似乎在找一个离家得宝尽可能近些的停车位。她握紧罗比的手，让车开过去，然后他们才从两排停着的车中间走出来；而那一刻，她对那辆MPV的意识并不比对视野中其他停着或行驶的车辆的意识更清晰。她没看到开车的人，也没看到副驾位置上是否有人。她可能意识到，那辆MPV不是崭新锃亮的，而是一辆旧车，车身有一些小凹坑；车的颜色也不太明晰，像去年秋天飘落于排水沟和溪谷中树叶的颜色。她当然也没留意MPV前后的车牌。

“小心，宝贝！一定要先左右看看，然后才能从停着的车辆间走出来。”

在购物广场里，她任凭小家伙东奔西跑。那是一个年轻母亲特有的纵容，她陶醉于为人母的幸福中，好像被一种奇妙的药物所迷醉。

她分享着他的兴奋。从孩子的眼中看世界，真是一种让人眼花缭乱的全新经历，因为她不记得自己幼年时是什么样子了。

刚开始带罗比去购物广场时，是让他坐在小童车里的。那之前，她从未意识到，许多店面橱窗和自动扶梯旁的广场三层中庭展览多么迷人。（自动扶梯对这么小的孩子来说，就像游乐园里的过山车，让人激动，而且似乎很安全。）在这消费者的天堂，那么多事物带着喜气洋洋的色彩，那么多动作吸引眼球，令人目不转睛。

她明白了，购物广场的一切布置就是为了吸引购物者。举办儿童展览则是为了吸引孩子，孩子会央求他们的父母购物，而父母可能会被成功地说服消费。她和惠特都不“相信”冲动购物，不会因为 5 岁孩子的哭闹而买这买那。他们也买不起那么多易坏的玩具，何况罗比很快就会厌弃那些玩具。

然而购物广场很迷人，令人难以抗拒。可笑的是，旋转舞台上还停放着各种富有魅力的新车，真让人眼花缭乱。那些车的型号也十分诱人——斯巴鲁森林人、吉普牧马人、起亚欧迪玛、雪佛兰骑士、丰田回声、三菱蓝瑟、庞蒂亚克太阳火。惠特抱怨他那辆日产汽车都开了好多年了，该买辆新车了，也许就买辆 SUV 吧。他们可以期待载着儿子和别的小孩一起去参加——足球赛？或小联盟垒球赛？（惠特一直都对郊区生活颇为不屑，然而年复一年，却在其中越陷越深，就如他喜欢打的比方，好像陷入柔软的人工草皮中。）他们的确需要一辆比轿车更大的车，但不可能是全新的，“二手车就好”。

在购物广场里，孩子们竭力想挣脱被妈妈紧握的手，脸上的激动表情显而易见。

妈妈！妈—妈！妈——妈！

在一个会让人迷失又那么迷人的环境中，罗比可能会任性，甚至有点儿叛逆。灯光熠熠的利伯蒂维尔购物广场和其他地方迥然不同，和他们自己家更是有云泥之别，他和爸爸妈妈住的房子太普通了。

惠特曾给黛娜读过心理学教材上的一篇文章：一般来说，现代人两岁时就会表现出“肆意破坏”的倾向。

他俩一起笑起来，多幸运啊！他们的儿子是个例外，从来没有“肆意破坏”过什么。事实上，他甚至从蹒跚学步时，就没什么特别让人烦恼的地方；而且在3岁时，他就开始表现出成熟孩子的迹象——排队时先让别的孩子，想插嘴时会抑制自己的冲动，做错事时会显得尴尬。特别是，如果打泼了或是弄乱了什么东西，罗比会非常尴尬。但累了或紧张时，他会恢复成蹒跚小儿的模样，一个紧张激动的小家伙的样子，随时就要发脾气。

只是利伯蒂维尔购物广场太大了，他们一定走了好几英里。他们总是被身边新奇好玩的东西吸引过去，根本无法抗拒。黛娜清楚地知道要买什么，可能在哪家店铺买，然而一旦进了购物广场，她就会被那些热情欢快的迎宾曲迷住，忘了自己开始的决定。可是儿子累了，思维不那么清晰了。

在停车场，妈妈想，再过一分钟她就会看到那该死的车了！然后，一切又会好起来。

她想起罗比两岁时患过一次支气管感染，皮肤发烫，体温高达惊人的102.2华氏度。惊慌之下，她和惠特开车把他送到安阿伯市一家医院的急诊室——惠特不想等救护车来——他把那辆日产汽车开得飞快，车子一路颠簸摇晃，像要震碎了似的。黛娜紧紧抱着发烧的柔弱儿子，默默发誓，神圣的上帝，如果你能救他，我将不再怀疑你。请帮助我们，罗比还这么小，我们完全不知所措。

在急诊室，医护人员在罗比的手臂上扎入静脉注射针头。而他的手臂多么小啊，用来抽血的“蝴蝶针”也多么小啊！住院总医师说，你们儿子是支气管感染，严重脱水。她不愿承认医师是在用责备或厌恶的口气对她和惠特说话。脱水？那究竟意味着什么？没喝够水？但如果一个两岁的孩子不想喝水，你怎么能让他喝下去呢？

后来她紧紧握着罗比的手，当时罗比住进了重症监护室。支气管感染已经侵入他的双肺。孩子在医院的儿童病床上是那么弱小无助。家人都来了，但不允许待在病房里，因为病房太小。黛娜的母亲来了，站在医院大厅里绞着双手，巫婆似的面孔，像是用石头斧劈刀削出来的，可她看上去真的被打垮了。她感到遗憾，因为她曾说过，黛娜嫁给了“混血儿 DJ”。这个“混血儿 DJ”就是黛娜爱慕的佩里·惠特·惠特科姆。

如果一个两岁的孩子病得那么重，肯定有人要受责备。这么严重的支气管感染不会一下子患上。黛娜本能地说，是我的错。我没意识到，他没喝足够多的水。她知道罗比的皮肤很烫，知道他在发烧，但儿科医生总是对她说，小孩会发烧、会流鼻涕、会鼻塞、会烦躁、会哭泣，不要每次孩子一出现鼻塞之类的状况就惊慌失措。可她还是结结巴巴地对每个听她诉说的人说，是我的错，是我的错。好像她认错就可以减轻孩子的症状似的。好像这样，上帝也许就不会惩罚孩子，而惩罚她这个“坏”母亲。还是惠特勇敢地站出来反对说，黛娜，这同样是我的错，是我俩的错，何况病情发展很快——只是一夜。

惠特勇敢地说，我俩在这方面都没有经验。我们要努力学习。罗比会好起来，将来他永远不会记得在医院待过的一分一秒。

黛娜不知道是否会这样：罗比不会记得，爸爸妈妈在密歇根医学院附属儿童医院 8 天的日夜守候。

年幼的孩子记不住什么。即便记得什么，也很可能是推断出来的，因为年幼的孩子忘得很快。

他们缺乏对死亡、毁灭的概念，无法对这样的可能性产生情感反应。

罗比痊愈了。当然痊愈了。

他容易患上重感冒，容易肺部感染。但他痊愈了，他们也确定他不记得这次住院。他从来不知道父母曾经那么绝望，害怕他可能会死掉。他们分别坐在他窄窄的小床两边，一人握着他一只完美的小手，一起流泪，一起欢笑，一起回忆是什么时候怀上儿子的。那晚？我确定就是那晚——你知道，在博兹曼市那可怕的“汽车旅馆”。那天早晨，一大群墨蚊冲向我们。天啊！到处都是墨蚊，我们的头发上、眼角和嘴边都是……

就这样你与另一个人骨肉相连。和这个男人的联系如此紧密，而且是通过这孩子联系起来的。她永远不能与他们分开，犹如她不能将自己的身体与灵魂分开一样。

想到这些她战栗起来。但那是因为几乎抑制不住的喜悦而战栗，不是吗？

“罗比？我们的车在下一排——我保证。别哭，好吗？”

一位目击者告诉警官，那个被绑架的小男孩当时好像正在停车场哭。他拉着妈妈的手，而妈妈在急切地和他说话。问她是否听到母亲对男孩说的话，目击者说没听到，她离得太远。她那时正朝家得宝走去，而非从里面出来。

绑架发生前的15分钟，购物广场里有人看到过这母亲和小孩，他们都对警官说，母子俩没什么特别之处，不会让人多注意。

一个带着小男孩的年轻母亲，举止得体，相貌端庄，但没什么特别之处。

小男孩似乎很喜欢兔子，但所有的孩子都喜欢兔子。

似乎没人骚扰他们或跟踪他们，就我所看到的，没有可疑的人。

突然，空气中爆发出一声哭喊。不是求救声，而是纯粹的声音——惊吓、恐惧的声音。

她原以为是罗比的喊声，但那不是罗比而是她自己的喊声。

有个东西，从她头部上方的某个高处垂直落下来，击中了她。她似乎看到——（发生得太快，她根本无法明白）——一只挥动翅膀的大鸟，一只凶残的大鸟，就像那只撕扯普罗米修斯肝脏的鸟。不一会儿，她就倒下了，罗比的手指从她手中被掰开，她甚至还听到孩子在尖声叫妈妈！

第四章

牵着我的手，她说。

他们外出时，她一天要说多少遍这句话啊。

他总会牵着她的手，因为他是个听话的孩子。

她总是握紧他的小手，因为她是妈妈，她有责任。

在购物广场，他好几次从她身边溜开，兴奋地尖叫，哈哈大笑。他要是从妈妈身边跑开了，妈妈就得去追他。

不过那只是游戏。游戏中爆发出稚嫩的笑声。

如果他累了，烦了，她就把他放到童车里。他说，可他现在长大了，童车已经装不下他了。他说，他的确长大了，也无法让妈妈抱在臂弯里啦！

他是个活泼快乐、爱说爱笑的孩子。（有时候）他也会淘气、烦人，弄得床上睡意蒙眬的可怜爸爸，拖过来一只枕头，掩头哀鸣：哎呀，救世主啊！小公鸡已经在报晓了。

爸爸喜欢说罗比的趣事儿，那些他很淘气的趣事儿，那些个夜半时分，他兴奋地跑来叫醒爸爸妈妈。他想早晨快点到来，因为早晨是早餐时间，是爸爸离家前的快乐时光。如果那天妈妈有课，他就被送去日托。在日托幼儿园，有些孩子他喜欢，有些孩子他不喜欢（为什么？不知道。黛娜问过他好多次）。

她牵着他的小手。他们走进停车场 C 区。

她没有准备，没有得到警示，也没有第六感或者母亲的应急本能。

她迷迷糊糊地一头栽倒下去，感觉自己可能就要不行了，要断气了，脑壳裂开了，灵魂出窍了，好像宾夕法尼亚州的青烟那样飘离持久焖烧的废弃矿井，在满是裂纹的路面上冉冉飘升。怎么还有时间想这些——真的没时间了——接下来发生的事情，让人猝不及防。后来听说，她当时努力从地上站起来，头上的伤口在流血。她跌跌撞撞地竭尽全力跟在那辆 MPV 后面，那个绑匪把她儿子扔进车里了。她像个机器人，一定是跌跌撞撞地跟在 MPV 后面追赶。因为，关于那情形、那尖叫，她几乎没有什么清晰的记忆。她并不怎么害怕，只是异常气愤、狂怒。她抓住了车，努力攫住车的门把手；然后 MPV 掉头，加速冲向她，而她不顾一切地站在那儿。冲力极大，她的灵魂似乎都被从身体里撞了出去，呼吸也被撞得停止了。她恢复知觉时，是在一个光线明亮的地方，那里散发着令人眩晕的气味，好像是消毒剂，其实是酒精。他们问谁带走了她儿子，关于袭击和绑架，她能记起什么吗。她努力保持清醒，要告诉他们她记得的事，但她的颚骨碎了，嘴里的牙齿也撞掉了，话说不清楚。

可她清楚地知道丢了什么。什么东西弄丢了，她惊恐不已。

孩子的手从她手中被掰开。妈妈抓不住孩子的手了。

作为母亲，这是她生命中的挫败；作为一个人，这是她生命中的挫败。虽然他们都对她说，这事一点儿也不能怪她。

她儿子被人抢走了，惠特的儿子被人抢走了。

到目前为止，还没人来索要赎金。这很可能不是一起绑架勒索案。

而且，“三个州的警察局都在搜寻绑匪。各新闻媒体都在报道这起案件”。

她得为接受更多的手术做准备。她的身体就像一只破碎的海星。她怜悯地微笑着看它。

病人睡着了。她沉沉入睡时，清晰地听到了这句话。

第五章

后来，可能是另一天。在这个地方没有时间感，她不再是妈妈，而是半张脸皮被刮掉的、破碎的可怜物件。

大家对她都很好。护士们轻言细语，体贴友善。她渐渐失去知觉，又渐渐恢复知觉。有知觉时她也不清楚自己到底是活着还是死了。

她最后的努力是扑向那辆车。愚蠢、彻底的失败。如果她更理智些，她就会直接把孩子带到与克雷斯吉油漆店前门垂直方向的停车处，她会走人行道，不会从停车场中间穿行，走貌似捷径的路，不会斜穿过停得像迷宫的车阵；这样就不会让自己这么容易受到袭击，使儿子身陷险境。

她最后的努力是一次失败。

她被袭击者用钝器击倒，那应该是把铁锤。她被一路拖行了50多英尺，两条腿断了，右臂、肋骨和锁骨也断了；右边脸皮被撕破；上下牙都掉了。她曾是个颇有魅力的少妇，而如今只剩下一张仿佛戴着万圣节南瓜灯面具的脸。

她不用看这张脸。她知道那是什么样子。

由于吗啡的作用，她神志不清，可仍在心底安慰自己，幸好罗比现在看不到妈妈。妈妈变得这样面目可怖，他会吓得大声尖叫。

在街上，罗比有时会盯着残疾人看，特别是残疾儿童。他睁大的眼睛里充满稚气的恐惧，没有一丝同情，更谈不上理解。

有一次，一只松鼠在他们家附近的街上被车碾轧，没有当场死掉。他静静地盯着在排水沟里扭动、挣扎的松鼠，一脸的惊恐和厌恶。

别看，亲爱的，闭上眼睛。

她急切地对丈夫说，好像他们正在谈论几小时后让人担心的事情，这让他有点摸不着头脑。她要戴上一副“美丽的白色缎子”面具。这样罗比来看她时，就不会被吓到。首先，他们不能让儿子看到妈妈毁容的模样。

如果有可能，让我来代替他吧。

这种想法很荒谬，万分天真的想法。

因为绑匪要的不是成年妇女，而是年幼儿童。绑架的目标就是年幼儿童。

胡子拉碴的惠特在电视上露面，眼露哀求之色，灰褐色的头发凌乱不堪。他肤色苍白，但明显是“混血儿”肤色。（黑人？印第安人？中东人？）5 岁罗比的相片也出现在电视上。

惠特在 WCYS 调频台主持的《美国经典和新时代》是一档夜间 11 点的音乐节目（周日除外），是美国国家公共电台最受欢迎的节目之一，目前暂由他人代为主持。

惠特在伊普西兰蒂市警方的安排下，接受电台采访，恳请绑匪手下留情。惠特有适宜做广播的性感嗓音，但他现在茫然，忧郁，声音颤抖。

罗比·惠特科姆是个只有5岁的孩子，被人从利伯蒂维尔购物广场劫走。如果有人知道任何线索，请与我们联系。

孩子的母亲不能过来，她还在医院治疗，生命垂危。

新闻媒体报道说，绑匪的车撞倒了这位母亲。人们都知道，绑架孩子的人想杀死她。

如果你只在收音机里听过我的声音，却从未见过我，你会爱我吗？

惠特不止一次这样问黛娜。

会！绝对会。

而她问他：如果你只能听到我的声音，你会爱我吗？

惠特哈哈大笑说，当然会。

只是我的声音而不是我，你还会爱我吗？

当然会，傻丫头。

这是很久以前的事了，是在有孩子之前。

可能那时她已经怀孕了。结婚仅仅4个月，有孕在身的她就躺在床上，听惠特的节目录音带；他们以前常常这样。丈夫深沉的播音金嗓子那么让人心动，让人信赖。他性感、亲切、风趣地娓娓道来：现在我们开始欣赏比莉·哈乐黛1945年录制的一张经典唱片《爱是什么》。

这是个谜。这是个难题。爱——到底是什么？

她生命中的大多数时间，她还没当妈妈时，她仅仅是“黛娜”。在怀孕、有孩子之前，她从不知道她的身份是多么不确定、多么不明晰、多么微小。

所有那些年，她都不是一个完整的人。难怪她一直很寂寞！

然而她的母亲有了她后，却并不快乐。你不能说黛娜的母亲是个完整的人。

而今，每一分每一秒，她不仅仅只是黛娜，她还是妈妈。她只是恰巧名字叫“黛娜”——但这名字并不是她身份中最重要的部分。

有了孩子，女人就变得有点疯狂吗？你对这孩子习惯吗？你愿意习惯这孩子吗？黛娜回忆起有罗比之前的生活，怀孕之前的生活，她惊诧于自己曾经多么微不足道：那时，她只是她自己。

她 23 岁时与惠特恋爱。之前她从未谈过恋爱，所以完全沉醉于这一场爱恋中。然而，这不是那种细水长流的爱，而是不顾一切的，让人觉得就像对孩子的爱。

那是段欢乐的时光。那时候，甚至连“问题”也是快乐的。

而现在是完全不同的时光，他们的爱里没什么可以拿来挥霍了。他们不再冲动，不再年轻。妈妈 28 岁，爸爸 34 岁，他们再也不会回到曾经年轻的岁月。

她努力用残缺的嘴说话，努力问他们找到罗比了吗。

惠特告诉她还没有。说还没找到，是惠特安慰她的方法。

在她病床边，惠特显得很镇定。在别处，惠特像疯了一般。

惠特把她抱在臂弯里，自己斜倚在床上，尽量小心，不把她弄痛。（但她能感到痛吗？那是一种棉絮拍打似的疼，她耳边的轰鸣可能是尖叫声，但被什么给蒙住了，声音很模糊。）他说，他非常爱她。他确信，他们会找到儿子的，儿子会回到他们身边。

惠特没告诉她最近的消息，因为最近没有消息。一天，一天又一夜，两天，几天，一周，终于 12 天了——然后，15 天：没有消息。

有许多错误的消息：看到了男孩和绑匪。看到了那辆“浅褐色”的 MPV。

母亲靠静脉输液维持生命。她不再戴呼吸器了，但仍旧需要用食管进食。她的食物是机械性软食——一种软性易消化的食物。

在安阿伯市那家医院住院 29 天，在一家康复医疗机构花两周时间学习如何重新走路。然而，黛娜再也不可能正常行走了。

她头骨严重破裂。她脑部出血。

她能活下来真是个奇迹。她努力站了起来，而且能重新行走，这真是个奇迹。

她继续进行了数月的康复运动。她的平衡感现在是歪斜的。对她来说，脚下的地面似乎常常倾斜，头顶的天空似乎也是倾斜的。她再没安睡过一晚——总是睡一两个小时后就惊恐茫然地醒来。孩子的手紧紧地握在她的手中，她再也不会放开，永远不会。

她问惠特，无论怎样你都爱我吗？这话变成了一句温柔、渐行渐远而又充满渴望的咒语。

天啊，黛娜——我爱你胜过我生命中的一切。我一直爱着你，宝贝。

他们把刚出生的儿子从医院接回家后，罗比爸爸很快就兴致高涨起来。他吸着大麻，从鼻孔里呼出浓浓的烟雾。他妈的，黛娜，我们要让孩子快乐成长。我们家谁也不说废话，好吗？

她完全同意。谁都不要对孩子说废话。

没有神经兮兮的废话，没有“麻烦”。我们的漂亮儿子心灵很完美，我们要做的就是让他像花朵一样绽放。别妨碍他。

她完全赞同。

她不相信愤怒和报复的上帝——那个狭隘、卑鄙、咆哮的上帝。她相信的那个上帝——据说人类也许就是以它的形象创造出来的——这是罗比知道的上帝，罗比仅仅知道一点儿上帝的内容。

罗比早就问过“上帝”的事儿——他听说过上帝这个词，所有新奇的词都会激发他的好奇心。妈妈，什么是“上帝”？他声音里带着稚气的困惑，那么希望妈妈告诉他答案。她笑起来，亲亲他，说，上帝是在宇宙中俯视我们的一种精神力量。上帝就在房子里，却是无形的。

“无形的？”罗比问道。

你看不到。有什么东西在那儿，你却看不到，它就是“无形的”。

“无形的，那你怎么知道它在那儿？”

黛娜和惠特不记得重复过多少次儿子说的这句话，他们的儿子真了不起。没有哪个孩子像他们的罗比会说出这么聪明的话。

“无形的，那你怎么知道它在哪儿？”

一天晚上，黛娜静静地待在医院里，惠特很晚才来到她房间。

晚上 10 点后，他来了。他说话含糊不清，嘴里有浓浓的啤酒味儿。他开始痛哭。她问有没有什么消息，他说没有消息，所以他哭。他说他一直很坚强，可现在他忍受不了了，他崩溃了。他把头埋在臂弯里，趴在黛娜的病床上，脸贴在她大腿上。他的眼泪浸湿了床单。他揉着她瘀伤的手。她很困惑，意识还没完全清醒。她开始憎恨吗啡，因为吗啡使她脑子糊涂，可是没有吗啡她无法入睡。可能她睡着了，梦见大腿边湿了，一个男人在她身边抽泣，轻声说着没人听得见的话：为什么！为什么你要带他去那里？为什么你要放开他的手？

第六章

密歇根州底特律市

永恒希望教堂

2006 年 4 月 12 日

难道我们不该说，我们是按照上帝的形象被创造出来的吗？

传教士步履轻缓，走入饥饿的人群中。他口中祝福的词句像珍贵的种子撒落在他们身上。他直视着这些人，透过他们的目光，觉察到他们的孤独和极度饥饿。唯有这传教士的精神食粮才能使他们解脱。

摩西·迈蒙尼德告诉我们，时间非常珍贵，上帝将时间以原子为单位赋予我们。上帝使用这最微小的单位，让我们可以承受却不会受到伤害。

因为我们不敢凝视太阳。因为太阳会使我们失明。

为了信徒，传教士冒着受伤的危险凝视太阳。

我们是一个有尊严的民族。我们不是愚鲁、畏缩、胆怯的民族，而是一个伟大的民族，是美利坚合众国的伟大民族。我们是按照上帝的形象被创造出来的民族，身上带着所有生物的极端神秘性。

难道我们不该承认，我们无法知道自己所能承受恩惠的极限？难道我们能探测到自己那独一无二的灵魂深处，更不用说探测到上帝的灵魂深处？

只需明白，我们是命中注定的弟兄姊妹——即便，我们的外表各不相同。

传教士如是说，语气中带着慰藉；传教士如是说，语气中带着亲切和宽恕；传教士如是说，语气不严厉，也丝毫没有审判的意味；传教士如是说，语气中满是对罪孽的洗涤。

传教士布道时，面对一张张仰望的面孔，他不是站在人群前布道，而是在一排排座位中间的过道行走，在小教堂两旁的通道行走；他浑身散发着一个真正牧羊人的放松和优雅。传教士常常伸手触碰某人的肩膀、某人的头、某只伸向他的手。

传教士是永恒希望教堂的访问牧师，他应邀前来这座小教堂做过几次布道。这座教堂有些年代了，外墙用沥青浸渍的厚木板装饰，位于底特律市旧城区，在拉布罗斯街和第五大街交界处，正好被约翰洛奇高架路投下的阴影笼罩住。

永恒希望教堂的基督徒，大多年逾五旬，年龄大的有 75 岁，甚至 80 岁，只有为数不多的几个人可以称为年轻人。此时，他们正迷惑不解地盯着传教士。这位白人传教士的演讲，声调高昂，用词妙绝，犹如一首世间难寻的圣歌，经由他特别的嗓音颂出，让他们感到如沐春风般的温馨和舒适。

而他们自己的牧师托马斯·廷德尔，能给他们的，只有理解而已。

传教士是个高个子，没人猜得出他的年龄，因为他的面孔严肃刻板，犹如雕塑，脸上一丝皱纹都没有；眼睛深陷于眼窝中，锐利、警惕而冷峻。他的胡子又黑又密，看上去颇有喜感。他的嘴角原本略微下弯，也许应该是一本正经的样子，现在却微笑着，令人怦然心动。

传教士语气严肃，眼睛却熠熠生辉。

传教士身着黑色套装，因为这是严肃的场合。一件黑色毛纺外套，配着有明显褶缝的黑色裤子，黑色鞋子。

传教士身穿大红丝绒马甲，因为这是喜悦的场合；脖子上戴着一条红黑相间的丝绸围巾。

令人惊奇的是，这位传教士不是黑皮肤，不像永恒希望教堂的信徒，不像邀请他来的东道主廷德尔牧师那样肤色黝黑。传教士皮肤苍白，像漂白过似的。如果走近他，你会发现，他的皮肤好像是由透明的皮肤组织薄层或薄片构成，就像重新塑造出来的人。传教士是这教堂里唯一的白人面孔，他肩负使命，庄严地履行职责。

传教士长发披散，如张开的翅膀从两肩垂下，铁锈色的头发中夹杂着缕缕闪电般的银丝。他的头简直就像古代雕塑的头像，那般高贵，头发从前额中间分开。

人们发觉传教士是来自白人世界的使者，又是他们中的一员，基督徒们都饥渴地盯着他。

传教士热切地说到了伟大的黑人运动领袖 W.E.B. 杜波依斯，

他鼓励我们看到黑色之中的美好——在我们所有人的黑皮肤里，在我们的黑色面孔中，有基督之美。

传教士热切地说到了马丁·路德·金牧师，他激励我们永远不要放弃梦想——完全消除种族隔离，获得完整的公民权，并在我们美国人身上实现基督之美。

然后，传教士换了一副声调，说到他在底特律市“锻炼”的这些年，因为他就是在这座城市出生的。这是一座为上帝所钟爱的城市，即使它曾经受过上帝的严峻考验。

新的城市，是从卡斯大道和伍德沃德大道以南老旧街区的废墟中建造起来的，是从那片梦想破灭的残垣断壁中建造起来的。现今，小树从破房子里长出来了，野草和荆棘从道路的裂缝中长出来了，恣意蔓延。那是他童年时住过的屋子。费希尔·博迪工厂倒闭以前，他父亲在那儿工作过很长时间。中央火车站倒闭以前，他祖父在那儿工作过很长时间。这些大型建筑，已成废墟。壮观的伍德沃德大道，已成废墟。贝尔维大道两侧的高楼大厦，也都已成为废墟，宛如毁于一场古老的天灾。然而，上帝之灵并未抛弃底特律。这座城市，上帝之灵无所不在，还将再次出现。这片地貌怪异而奇妙：色彩斑斓，野花遍地，草木葱郁，百鸟争鸣。在这里，世间万物生生不息。污染为砖墙泼上了美丽的墨色。路面上的碎玻璃闪耀着上帝的光辉。你也许认为上帝抛弃了底特律，那你就错了，因为上帝不会抛弃任何人类居所，上帝不会抛弃任何人。伟大的基督教领袖约翰·卡尔文说，自然是一件华丽的衣袍，上帝隐于其间，可是我们一定会看到他。

传教士属于这片土地，他出生于1967年7月骚乱发生的第一天。当时，底特律火光冲天，已经燃烧了很长时间。

传教士的妈妈在卡斯大道的一间屋子里生下了他。传教士出生后，“种族”骚乱频发，然而我们人人依然深知，我们是受祝福的。

因为河边这座燃烧中的城市，象征着美国各州黑人对自己居住地的深深厌恶；因为像底特律这样的居住地，曾经是令他们蒙羞的地方，这里充满了愚昧和无知，充满了欺骗和狡诈。所以，上帝送来火焰暴露不公。上帝眷顾这座燃烧之城，一如《旧约》中上帝眷顾燃烧的荆棘丛。没人能对这样的启示闭上双眼，视而不见。

从那以后，几十年过去了。从那以后，发生了天翻地覆的变化。

传教士的语气是无畏的。传教士的话语是让人们听得懂的。

而如今，新世纪支持黑人和白人共同发展。这个新世纪会出现一个黑人总统——传教士已经预言了，传教士确信。

基督徒们像是被催眠了似的听着这些话，大气都不敢出。他们能听懂这些话，但无法相信如此奇异的预言，哪怕是其中的一个音节也无法相信。然而，在灵魂深处，他们相信。

传教士对他们的所有赞美之词，他们都相信。

传教士的布道接近尾声。显然，传教士也被自己的话震撼了。在传教士那仿佛重新塑造出来的皮肤上，闪烁着晶莹的泪滴。

主啊，我的弟兄姊妹们，我们被推上了未知海域一条漫长的航程。我并不是可以轻松为你们解惑的人，但我会告诉你们真相，告诉你们：你们是美好的生灵，从你们的美好之中，会生发永恒的美好。

主啊，我亲爱的弟兄姊妹们，我从心底对你们的心说“阿门”。

教堂里所有基督徒都发出喜悦的“阿门”之声。

布道结束了。传教士站在布道坛旁边。唱诗班开始吟唱《我爱传讲主福音》《我每静念那十字架》《基列有乳香》……传教士用深沉的嗓音和唱诗班一起吟唱。

现在看上去，基督徒中确实有些年轻成员。唱诗班中至少有三分之一的成员，面貌年轻，脸庞光洁。

宗教仪式结束时，廷德尔牧师紧紧握住传教士的手。廷德尔牧师昏花的青光眼热泪盈眶。他的肤色像是有裂痕的皮革颜色。他头皮上有一绺头发黑得发亮，那绺头发周围是一圈蓬松的白发。他是个无依无靠的老人，心地善良，却没有保障。看得出，他感到非常自豪，因为有这样一位能说会道的白人传教士朋友。

谢谢你，切斯特兄弟！你刚才所说的一切正是信徒们渴望听到的。

廷德尔牧师邀请传教士与他们一家人共进晚餐。但传教士解释说，他不能留下来。因为他还要去另外一个地方，那里非常需要他。

总是有紧急的需求。有时我觉得我们不敢倒头就睡，否则我们将失去刚刚获得的一切。

传教士庄重而实事求是地发出这样的声明。虽然传教士想表达的意思并不总是清楚明白，但你毫不怀疑，传教士什么都知道。

你还会回到我们这儿来吗，兄弟？

我当然会回到你们这儿来，兄弟。我的心永远不会离开。

廷德尔牧师和人们称为切斯特·卡什牧师的传教士，分掉了募捐到的 362 美元。

墙面刷着沥青的教堂旁边的小巷里，停着传教士的 MPV。

这辆深色 MPV 像是一个深海生物，甚至连车窗也是深色的。车顶上有个木制十字架，刷得雪白刺目，用绳子牢牢固定住。十字架上漆着由大写的深红色字母拼成的“美利坚合众国”和“永恒希望教堂”。

那是一辆 2000 款克莱斯勒 MPV，底盘有凹印和刮痕，看起来像最近才上了漆。的确是最近上的漆，而且漆得有点匆忙，因为几扇车窗上，都隐约有手印般的闪光的暗紫色污渍。

从教堂门口可以看到克莱斯勒停在巷子里，但无法看到车里面，因为车窗玻璃是有色的。

传教士在底特律一定没有家人了，因为他从没去探望过他们，似乎现在也不想和他们说话。当廷德尔牧师问候传教士母亲时，传教士眼帘低垂，喃喃答道：虽然哭泣一宿，但是清晨喜悦必定来临。

廷德尔牧师问候传教士 10 岁的儿子，去年春天他陪传教士来过永恒希望教堂。

传教士皱起了眉头，似乎在努力回忆那个儿子，似乎被这个问题震惊了。他确实给人这种感觉。

诺查丹玛斯那孩子似乎已经选择了另一条路。他去和母亲，以及密歇根州上半岛的人一起生活了。

廷德尔牧师说，那是个好男孩。你说过，你儿子会追随你做牧师呢？

那时他还是个孩子，说话难免孩子气。现在他和腓力斯人生活在一起——这是他的选择。

传教士悲哀地说，可长满胡须的腮帮还是哆嗦了一下，似乎回忆起年幼儿子的背叛，这事令他意外而悲痛。

廷德尔牧师似乎还想再问一个关于这失去的儿子的问题，但想了想，最好还是别问了。因为传教士呼吸急促，正严肃地抚摸着络腮胡子。

传教士用低沉、颤抖的声音说，借主的光明，我走出了黑暗。

我的弟兄，阿门！廷德尔牧师用手紧紧抓住传教士的肩头。

因为传教士生性节俭，只在生活必需品上花费，所以在路途中，他多数时间都待在车里。他在车里放着衣服、书本、文档、一个微型煤油炉以及罐装食品。传教士的部分职责是到全国各地的小教堂访问，进行客座布道。他在那些地方很受欢迎。传教士说，永恒希望教堂是一个家。主啊，我们是弟兄姊妹。我们有不同的外表，但我们是一家人。我们每到一处都互相认识。

2006年4月12日，传教士站在底特律市拉布罗斯街的小教堂门槛边上，教堂侧面外墙刷了沥青。他在暮色中一边与廷德尔牧师说话，一边看着几米外停在巷子里的克莱斯勒。他那深陷于眼窝里的眼珠滴溜溜转着，环视着克莱斯勒。克莱斯勒显然有点什么问题，那么静寂，那闪光的紫色底盘和固定于车顶的耀眼白色十字架，都让他凝神注目。

兄弟，你确定今晚不能留下来？或者，至少和我们共进晚餐？廷德尔牧师看上去很失望。

他眨了眨昏花的青光眼，视线仍然模糊不清。

传教士温和地向他道谢。现在，传教士手里拿着车钥匙。传教士微笑着解释说，他要前往西海岸，前往卡梅尔市，“永恒希望教堂”的一个新牧师班子在那里等候他。

第七章

密歇根州，俄亥俄州

80 号州际公路东

2006 年 4 月 13—14 日

牵着我的手，他说。

但孩子没有牵他的手。

儿子，我在和你说话：牵着我的手。

瑟瑟发抖的孩子没有抬起手，没有服从他。“父亲”抓住孩子的手，用力捏着那小小的手指，能听得到小拇指被捏得吱吱嘎嘎地响。

孩子嘴里塞着布团，闷声哭喊着。

80 号州际公路东，车辆川流不息。

80 号州际公路东，“父亲”把车开得很快，只比最高限速低一点。他还得当心，车顶上的白漆木制十字架别被大风吹松了，甚至吹下来。他是个有耐心的司机，没怎么注意不断超过他的车辆。克莱斯勒紧紧跟在庞大的拖车后边，微微摇晃。

“父亲”想，一辆辆车如同灵魂经过身边。

虽身处其间，但他是高尚的。“父亲”命运的独特之处是拥有看得见的力量。芸芸众生中，只有极少数人像他这样。

东方宗教笃信“第三只眼”，在前额，就在鼻梁上方。通过冥想，通过虔心修行，“第三只眼”睁开了，预见的影像在大脑中出现。

“父亲”是这些人中的一员。他从孩提时代起就获得了这种预知能力，像X光一样能看透人体的力量。“父亲”看到了。

那是大脑一种特殊的洞察能力，是大脑中一块被激活的兴奋区，就在眼睛后方。它被称为额叶。神经细胞如同夏夜黑暗天空中无声的闪电，神秘地熊熊燃烧着。

但这些科学术语也仅仅是单词而已，对“父亲”而言，并没什么了不起；因为，他知道词语不过是人刻意造出来的。他明白这个道理：谁掌握了言辞的能力，谁就能控制他人。

普通人无法知道这些。普通人占人类99%以上。

你得设想：佛开悟了，然后涅槃——（也可能是印度教的天堂，而非佛教天堂）——在他生命中很久以前的时候，当时“父亲”还是一个名叫切斯特·切奇的瘦高个男孩，他就第一次见到过。

他知道他是个特例。他知道他此生永远是朝圣者。他已踏上了一个秘密、令人兴奋、战栗的朝圣之旅，却完全不为人所知。

即便是他家人，尤其是他的家人，也一无所知。

（“父亲”微微一笑，回忆着。他已经很久没看见他该死的“家”——该死的“亲人”了！26年前，他12岁时，他们向密歇根州韦恩县少年犯管教所出卖了他。）

现在州际高速公路上，普通眼睛看到的不是这辆克莱斯勒MPV，而是固定在车顶的耀眼的白色十字架。

十字架高约4英尺，宽约3英尺。

十字架在风中晃动。但“父亲”天生是个木匠，幻想自己在动手操作方面有天赋；他把十字架用金属线和绳索紧紧固定在车顶上。

这十字架让人好奇：有人可能会微笑着看它。（认出了这神圣的十字架，或者觉得十字架如此别扭地固定在车顶上，有些屈尊纡贵了。）有些人可能会试图识别十字架上由深红色字母拼成的词组。

大多数人很快就会对它失去兴趣，转眼看向别处。

州巡警正在寻找一辆受损的浅褐色MPV，对这辆为永恒希望教堂服务的亮紫色MPV却不感兴趣。

这辆MPV的车牌照是新泽西州发放的，而孩子是从密歇根州伊普西兰蒂市的利伯蒂维尔购物广场被抢走的。

“父亲”喜欢处于隐形状态。在普通人和白痴面前，卓越的人能让自己隐形。

将车漆为亮紫色，将白色十字架固定在车顶，就能让车隐形。

过去的日子，“父亲”已经习惯了使用这些策略隐形。要想随心所欲隐形地生活，你就得弄出些让人分心的事物，这些事物会吸引普通人的注意力。

“父亲”发现，普通人和小孩没有太大区别，他感觉如此，而且也的确在他意料之中。

譬如，“父亲”在捕获猎物时，会让自己处于几乎隐形的状态。他穿着普通。普通人周末下午去购物广场，去西尔斯或家得宝买东西都会穿这么普通的衣服。

一件没拉拉链的尼龙夹克，里面是T恤，下穿牛仔裤或工装裤。跑鞋不太新也不太贵。

头上戴顶棒球帽，但不是有队徽的帽子，颜色是灰色或米色，也不引人注目。

胡子有点抢眼，这倒不假。他的胡子颜色是暗粉灰色，不过在利伯蒂维尔购物广场时，他给胡子染了色，还戴墨镜遮住了眼睛。别人看不到他的眼睛，也就无法辨认。

（车载收音机的音量开得很小，新闻里正在播报密歇根州伊普西兰蒂市那起“令人心碎”的儿童绑架案。一个目击者说，孩子被抢走前的几分钟，他没看到有人尾随那对母子，没有可疑分子。听到这里，“父亲”忍不住大笑起来。）

目击者从来说不到点子上。目击者只看到他们目力所及的，却看不到隐形的东西。

曾有一次，“父亲”用白纱布和绷带把裸露在外的左腿一直裹到膝盖，还拄着根拐杖，一瘸一拐地走路；这样，人们都误以为他是个瘸子。这是那个连环杀手泰德·邦迪惯用的伎俩。明智的人会一眼识破他的伪装，但是一个愚蠢而轻信的年轻母亲则会被这假象蒙蔽。当时，在伊利诺伊州的卡本代尔市，那个年轻母亲带着8岁的儿子去游乐场，她就没识破。不好意思，打扰了，女士，你能帮帮我吗？我自己很难把箱子打开，这该死的拐杖碍手碍脚的……

他是在伊普西兰蒂市利伯蒂维尔购物广场捕获到猎物的。这里是美国中西部。他从来没去安阿伯市冒过险，那里有大学，不是真正的中西部，因为那里的人都从别处搬来，或是要搬去别处。但伊普西兰蒂市是中西部的中心地带：一个无关紧要的地方。

他连续几天在购物广场寻找猎物。他有预感，一个男孩就要为他准备好了，很快就要出现了。

他在购物广场里里外外地搜寻，最后又回到购物广场里。他轻易就混在其他购物的爸爸当中，因为他不着急。

"父亲"友好地帮助带着孩子来购物的年轻母亲开门。她们感激地喃喃低语：谢谢你，你真好！

她们经过购物广场入口时，一般不会看他一眼。她们有些人推着童车，还有些人紧握着孩子的手。

她们向前走，都没回头看一眼。

100个孩子中也许有一个令他感兴趣。200个孩子中也许有一个令他有些激动。

1000个孩子中也许有一个令他异常兴奋。

"父亲"信赖涌过他身体的强大力量，那是让他看见的力量。

他会立即警觉起来：这个孩子命中注定要成为他的孩子。

一个灵魂亟待救赎的孩子，需要的不是亲生父母，而是一个像他这样的"父亲"。

猎捕过程很刺激。猎捕是无休无止的。"父亲"隐形地猎捕孩子。

猎捕常常在公共场所：购物广场、城市广场、游乐园、露营地、徒步小径和沙滩。很少靠近学校，因为去学校这样的区域会冒更大的风险。

当然也很少去游乐场。（这25年中只有很少几次例外。）

猎捕的最佳时段是傍晚。此时暮色笼罩，街灯未亮，人们的眼睛还没适应渐渐暗淡的光线。

那时候，人们疲倦了。年轻的母亲们，肩膀耷拉下来了。

猎捕的时候，“父亲”外表平静却心潮澎湃。“父亲”从来不急不躁，总是耐心地穿行在普通人中间，似乎他就是普通人中的一个。

可是，“父亲”绝不是一个普通人，从来都不是！

“父亲”的创造力是无穷而巧妙的。比如，“父亲”扮演了传教士这一角色。

传教士身着黑色服装，配以令人喜悦的深红色马甲和围巾。传教士庄重谦和的态度，传教士手指的祝福，以及传教士喜悦的笑容，都让人毫无戒备。

“父亲”肯定比传教士年轻。“父亲”不太注重自我，也不虔诚尽责。“父亲”喜欢开玩笑，可是没人见过传教士开玩笑。

“父亲”看待传教士的方式，就像你看待一个叔叔那样：他仁慈、真诚，可是不酷。

如果女人触碰传教士的手，或用手指抚摸他的手臂，或倚向他，向他微笑，在他耳边低语邀请他共进晚餐，传教士就不知道如何回答，只是拘谨地微笑。但“父亲”知道怎么办。

传教士让“父亲”觉得有意思，但也只是在有限的一段时间内。传教士确实能不时地赚些钱。你无法对传教士那庄重、温和的凝眸视而不见，无法不冲动地为他打开钱包，因为给传教士钱就是给主耶稣基督钱——似乎就是这样。然而，“父亲”轻松地脱掉传教士的衣服，折好，放在车后。“父亲”轻松地晃了晃身子，四肢放松下来，像鹅一样放松。一个更年轻的家伙，一个面带狡黠微笑的家伙，一个享受摇滚音乐和说唱音乐的家伙，一个你愿意和他一起喝酒的家伙。

“父亲”受其他男人喜欢，当然也受女人喜欢。

他也是孩子们喜欢的人，12 岁以下的男孩都喜欢他。

“父亲”是安定不下来的美国人。要不是他有时在美国东部或者中西部居住过，他看上去就像个怀俄明州的牛仔，或像个一路搭顺风车前往西海岸的旅行者，只是有点儿老。

“父亲”说不清自己是在开车的路上最快乐，还是停下来休息时最快乐。他的车买来后漆过好几次，修过好几次，开过 80 号州际公路东，或者西。一旦建立起住所，他就会停下来休息至少几个月，也可能一年。不论在哪儿，“父亲”都有属于他自己的王国。

这样消失、这样远走高飞的策略，不是普通人能够明白的。

儿子，你要回家啦！

很快你就到家了，安全了。

儿子，你听到我说话了吗？我觉得你听到了，儿子。

“父亲”爱你。

穿过俄亥俄州和宾夕法尼亚州的乡间，经过特拉华河进入新泽西州。很多时间，一小时又一小时，“父亲”一直在对他身后的孩子说话。

“父亲”带你回你真正的家，因为“父亲”是你真正的爸爸，“父亲”爱你。

在精致的“木制少女”中，孩子一点声息也没发出。

被塞住的嘴，也没发出被抑制的哭泣声。

“父亲”是个严厉而有爱心的爸爸。他给孩子受伤的小拇指擦了酒精消毒，用绷带固定。孩子的骨骼痊愈得快，但不要变成弯曲的样子。

孩子学得很快：每一个违抗的行为，无论多小，都会立即受到惩罚。毫无例外！

零容忍！

而当孩子服从时，孩子就是“父亲”真正的儿子，他会立刻得到水、食物这些奖赏。“父亲”会用强壮的手臂轻轻抱着他，会轻言细语对他说话：这才是我儿子，我对你非常满意。

孩子很快就会学会服从，他们曾经都学会了。

他读过“条件反射”方面的书，伟大的美国心理学家 B.F. 斯金纳和 19 世纪俄国巴甫洛夫写的书。但在对待孩子的问题上，他的策略是奖励和惩罚并用，这样来慢慢激发孩子对“父亲”的爱、害怕、尊敬和绝对忠诚。

对待孩子要像弹奏乐器一样，有时轻柔，有时激烈。一切尽在“父亲”的掌控中。

他在购物广场里第一眼看到这孩子时，估计孩子在 4 岁左右。对“父亲”来说，这是个年龄很小的孩子。

到了十一二岁，孩子就不那么讨人喜欢了。孩子是会成长发育的。“父亲”对处于发育期的孩子没耐心，对青少年就更没耐心了。

孩子越小，他越想占有。但“父亲”不想要婴儿，几乎不要！无论如何，婴儿太费事儿。婴儿需要女性来照顾。

大些的孩子也有明显的不利条件：他会记得原来家庭的许多事，而那些事是必须要从他记忆中清除的。

在购物广场里，这孩子抚摸着围栏中那些白白胖胖、鼻头颤动的复活节小兔子，欢快地叽叽喳喳说个不停。他是那么的活泼、伶俐、爱说话。“父亲”被他深深地吸引了。

但那母亲，非常普通！

即使她不像某些母亲那样粗鄙、庸俗。那女人的脸没有化可怕的浓妆，黄褐色头发端庄地顺在耳后，耳朵没有镶上半打闪闪发光的耳钉。她穿着牛仔裤，但不是“瘦身”牛仔裤。上身是件手织的系腰带毛衣。（腰带在背后打结了，这样子，她看上去有点衣冠不整。但她那么喜悦，根本没注意到衣饰的不雅之处。）她身材苗条、纤细，胸部平平，实际上都显不出胸部。（她怎么给婴儿哺乳呢？她的乳汁一定像水一样稀，糟糕透顶。她根本算不上一个母亲。）她脚穿运动鞋，左手中指戴着一枚普通的银质婚戒，昭告天下：是的，信不信由你，有人娶了我！她可能有 30 岁，不会小于 30 岁：当她的脸上没有笑容、没有因最平凡的母亲之爱和自豪而“容光焕发”时，那明显是一张疲倦的面孔。她丈夫很快会不忠，即便现在还没有迹象。有谁想上床把自己的老二插入这样的女人身体里？因为那女人显然太普通，和光彩照人的孩子根本就不配。

孩子皮肤“白”，可头发黑，异常拳曲。“父亲”感到发现新大陆似的战栗和兴奋：这小孩是个混血儿！

“父亲”还从未抢到过混血儿。不过“父亲”不是种族主义者。

在购物广场里，他一直跟着他们。他很有耐心，不惹人注意。

在潘尼百货店、梅西百货店、西尔斯百货店，以及购物广场的中庭，复活节小兔子围栏吸引着孩子们，他们飞蛾扑火般围过去。

“父亲”用精明老练的眼光，迅速扫视了一下四周：在这样的场所，孩子们聚集着，欢笑着，尖声说着话，（通常）只有一个监护人在旁边，而这监护人（通常）是母亲。你常常会发现，“父亲”确实总能发现，（通常）有些无伴的中年男人，隔着一段距离站在一旁观察，他们不会靠得太近，不会太明显地靠近。

“父亲”不是这些人中的一员。“父亲”不是登记在册的性犯罪者。

“父亲”一跟那母亲和孩子出了购物广场，就知道他的使命是正义的、必要的，而且刻不容缓。他看到那母亲停下来，从毛衣口袋里摸出——一包香烟！然后很快点燃了一支，当时，孩子就那么安分地站在她身旁；她深深吸了几口，似乎有毒的烟雾是纯净的氧气，而这女人极度渴望氧气；然后，她轻蔑地将香烟从嘴边拿开，扔向走道旁的一片不毛之地，其他轻率自私的吸烟者也把烟蒂扔到那儿。

一个试图戒烟的人，戒烟失败。

一个对自己的弱点感到羞愧的吸烟者。孩子的父亲可能还不知道这缺点。

“父亲”必须把这个孩子带走，让他当自己的儿子。

“父亲”匆匆走向他的 MPV。他要在停车场里跟着这对母子。他不能让他们离开自己的视线。他只有几秒钟的行动时间。他从之前的经验知道，这样的行动得把时间算得分毫不差。就像他自己说过的那样，得调整好车窗玻璃的狭窄缝隙与清楚视野之间的度，而且不能有目击者。

“父亲”曾多次跟踪观察一个目标，并且确信那就是自己的目标；不过，一旦有目击者偶然出现在现场，他就必须撤离……

把小男孩从他母亲那里带走，比“父亲”预想的要困难得多。他用羊角锤击中她头部——非常猛烈；他原以为，那是足以敲裂她头骨的力量。她如死尸般重重地倒在地上，然而下一刻，她又像个迷糊的拳击手，挣扎着站了起来。不知道这女人是怎么努力使自己从地上站起来，摇摇晃晃地跟在他后面……

这时候他已经把男孩弄到车里了。这孩子多么小多么轻啊，然而他疯狂地挣扎着，像个受了惊吓的小动物！“父亲”摇晃他，用拳头打他，又用拳头击中男孩头部左侧，才让他平息下来。

让“父亲”惊异的是，那母亲拼命地跟在车后奔跑——她脸上的表情，还有她脸上流淌的鲜血。

他掉转车头撞倒她。贱人，胆敢违抗“父亲”！

第八章

俄亥俄州，宾夕法尼亚州

80 号州际公路东

2006 年 4 月 14 日

儿子，你和我在一起，你现在安全了。

上帝安排我去找你。还不算太晚!

那个照看你的女人，是个不洁的女人。她是你到我这里的必经之路，但也仅此而已。

和“父亲”在一起，是你命中注定的。“父亲”会是你的爸爸和妈妈。

从第一天起直到永远。阿门。

在利伯蒂维尔购物广场得手后，他驾车从第一个出口冲出，然后继续开往藏身之所。之前，“父亲”仔细察看过这片区域，知道哪里是最佳藏身之所。没人会料到，没有哪个普通人会料到，大胆的绑匪就待在购物广场几英里的范围内；他们会设想，他驾驶浅褐色的 MPV 逃逸。警方会设路障阻拦他，一路警灯闪烁，警笛齐鸣。但精明的“父亲”不是那种 48 小时内就会被警察截下审问的人。

藏身之所在利伯蒂维尔购物广场以东约两英里处，那是一个废弃的壳牌公司加油站。他在那儿停下车，把受惊吓的孩子藏到早已准备好的“木制少女”中。他又一次为孩子的轻盈欣喜，多么轻盈的骨骼。诺查丹玛斯从未有过如此轻盈的骨骼。

“父亲”按计划给车喷上闪着黑金属光泽的紫色漆。一辆破旧的车，立刻变成了堂皇气派的新车。他的行动从容不迫；他不会匆匆行事，那完全没必要。警察们正按部就班地设置路障，同时鸣响警笛，像蠢笨的小孩在追逐什么。没人知道“父亲”的相貌，就连那个被撞倒的女人也没看清。就在她最有可能看清他的那一刻，她被车的前挡板撞倒了，不是倒到一边，而是倒到车下，身体被一路拖拽着向前……这是一次怪异的经历。如果事先知道要发生什么，他也许会很享受这种经历。这是“父亲”世俗经历中一次怪异的意外事件。但事情发生得如此之快，他根本无法预料到。

更强大的力量照常指引着他。他努力把车掉头、滑行、刹车，然后加速向前冲；不一会儿，女人毫无生气的躯体就被甩掉了。如果她死了，那是她咎由自取。

当然他是戴着手套给车喷漆的。这活儿他干得轻车熟路，以前干过好几次了，他给这辆克莱斯勒 MPV 和其他几辆 MPV 都重新喷过漆。干这事时他有种满足感，一种成就感。新漆总会令旧车的外貌大大改观。

就如同他把胡子染成深桃木色一样，深桃木色比铁锈纹的头发颜色要暗些。但现在他用一种白色颗粒状的粉——女人擦脸用的粉——搽在胡须上，然后刷成根根竖立的毛发。

就这样，他给自己的年龄平添了20岁。不是修饰过的39岁男子，而是个60岁出头的人，如果有人注意到的话。

“父亲”一边等油漆晾干，一边吃晚餐：他从利伯蒂维尔购物广场一家快餐店买的外卖食品。他特别偏好抹了辣椒酱的干酪汉堡包和炸薯条，不管炸薯条冷了多久。

孩子在“木制少女”里睡着了。一块用三氯甲烷浸湿的布团塞到他嘴里，几秒钟后他就睡着了，因为孩子很小，体重不可能超过40磅。

“父亲”把这类医药用品和其他注射剂存放在车里的储藏箱中。他在许多城市、许多医院和医疗中心都有熟人，通常是女性——护工、服务员那些人。有时候那些人是和教堂有联系的人，她们在公共健康医护服务机构工作，有权使用（受控）药物。她们每人都以自己独特的方式崇拜“父亲”。每个人都认为他也许就是那个人！他会爱我，保护我。光靠女性的崇拜是不够的，“父亲”当然知道要付钱。

三氯甲烷这种麻醉剂，他是从新泽西州特伦顿市永恒希望教堂的一个女性朋友那儿拿到的。那女人在兽医站工作。

只要不是致命剂量，它能让一只暴躁的德国牧羊犬平静下来。

那可能是20年前的事，当时“父亲”还没完全隐形，而且犯下了一些大错。早些年，他的朝圣之旅才刚刚开始。

那时，他还不是“父亲”。他只是切斯特·卡什，原名则是切斯特·切奇。从韦恩县少年犯管教所释放时，他才 21 岁。

那些杂种把他在监狱关了 9 年！那个女社工和她的公共辩护律师朋友代表他，为他辩护说：他并不知道自己在干什么，他不是故意把堂弟闷死的，当时他俩在一起正玩得开心。但那些杂种，起诉人和家庭法院法官不喜欢他，判了他 9 年徒刑，是给青少年判的最长刑期。他学会了必须表现得懊悔。如果不表现得悲伤和懊悔，你就是个傻子，你遭受那样的命运就是咎由自取。

从少年犯管教所释放出来的 8 个月里，他一直忠实地去见假释官。此时，他知道如何玩这种游戏了。

要恭敬，要平静，要微笑着说先生或女士，让那些混账认为你非常在意他们。

他从那时起开始了旅程，他的朝圣之旅。

当然，要坚持回去面见假释官。

那孩子是他拥有的第一个儿子。其他人进入他的生活后又转瞬即逝，没留下任何记忆。这和吃顿饭、喝杯饮料并没有什么不同，就像性行为，只是激情爆发的结果。

但那孩子，一个漂亮的小男孩，大约 9 岁，柔顺的金发，长长睫毛下的茶色眼睛，曾是他的第一个儿子，也是他第一个失去的儿子。（因为不能把他的小堂弟算进来。那真的是个意外事故。）

孩子的小心脏就那样——停止了跳动……

切奇不清楚发生了什么事，他没想到会发生这种事。

他逼男孩喝下溶入了数粒瓦利姆安定片的可乐，男孩很快昏睡过去，接着很快就——死了……

“父亲”依然感到失落。那个美丽的金发男孩注定是他的儿子。

那些日子，他的策略很拙劣。他没有明确的计划。他行事冲动，轻率。他把男孩从一个女人那里带走；那女人大腿粗壮，长着一张猪脸，晃着硕大的乳房。把孩子从她那儿带走是正义的要求。

这事发生在 80 号州际公路西的一个路边休息区，在宾夕法尼亚州伊利湖以南。切奇停车下来小便，就看到这孩子由一个猪脸女人陪伴，他为孩子着迷不已。他知道，这孩子注定是他的，可这会儿还在陌生人手中。

正如《圣经》中的马利亚和约瑟夫曾是耶稣的生养父母一样，他们将耶稣带到人世间，让他做神职。

这种情形不完全相同，但很相似。在“父亲”看来，一个孩子虽然是由他的生父母生下来，却注定是他的儿子。切奇 20 岁出头时，就已经知道这点了，就像知道 2 加 2 等于 4 一样。

像数学或几何学这样的推理是无法推翻的。第三只眼睁开了，看见了。

那些混账媒体所谓的“绑架”“诱拐”“抢夺”，在“父亲”看来，事实上是勇敢的拯救行为，假装没看见才是懦弱的逃避。

他并不想要谁死。不想让那个猪脸女人去死，更不想让茶色眼睛的金发小男孩死掉。然而，事情还是发生了。

从那个闷热的夏夜起，因为在数千英里以外那个灌木丛生的路边休息区得到了第一个儿子，“父亲”原本持续循环的旅程不得不时时中断。

但是，朝圣之旅将永不停止，因为那男孩，可以称为你的转世儿子，必然会长大，然后变得不那么讨人喜欢。

经过数百、数千小时，切奇笨拙的手，渐渐练成了“父亲”那双更坚定、更老练的手。

还是镇静剂更可靠。

我的儿子，现在你不会再受到伤害了。你得救了。

我是“父亲”。

我是你真正的爸爸。

你是我唯一的亲生儿子。

我的儿子，你以往的生命消失了。现在开始新生活吧。

“父亲”说着这些话，在“木制少女”里的孩子会听到，会及时明白。“父亲”用不知疲倦的、亲切的口吻这么说。他用爱抚的、慈爱的口吻说，用严父的口吻说，用明智的口吻说，用严肃的口吻说，用快乐的口吻说，用庄严的口吻说。他知道，这个5岁的小男孩既害怕又无助，还无法理解“父亲”的话，但随着时间的流逝，“父亲”的话会潜移默化融入孩子的思想中。

水滴石穿。就是这样，最坚固的岩石到时候也会被水滴穿透。

他已经打开了“木制少女”的盖子，这样孩子就既能听得见，也能看得见（只要车子的天窗开着）。孩子的嘴里塞着布团，还用胶带封住，这样孩子才无法叫出声。

孩子不能哭。孩子不能乞怜。

孩子不能恳求。

在一定程度上，“父亲”喜欢听孩子恳求。但超过那个度，“父亲”就不喜欢了。

传教士更能容忍。

传教士对人类的弱点更宽容。

总体说来，卡什不喜欢懦夫，卡什是“父亲”扮成的“普通人”。卡什的确欣赏有傲气、会反抗的男孩，可是他们的反抗会招致惩罚。

“木制少女”是“父亲”的独特发明。就像耶稣是个木匠一样，“父亲”也善于动手制作，而且认为“杂活工”是个很不错的工作，可以令人放松。他做这些工作时会让儿子跟着当学徒。孩子虽小，但也能给大人帮点忙。

“木制少女”不是人们日常生活中的普通物品，它是一个不太引人注目、棺材模样的木箱。为确保关在里面的人无法逃脱，“父亲”使用了铰链、锁和螺钉等，甚至用了上好的樱桃木。“父亲”多年来一直用它。“木制少女”的形状像个小孩的棺材，或者说更像儿童版古埃及法老王的陵墓，因为它的结构是那么典雅而高贵。“父亲”常常想象，他沉醉于这想象中：如果执法警官发现了“木制少女”，如果他们发现了“父亲”，并从他那儿得知他的人生故事，他们会说些什么。

“父亲”知道，他的人生故事如果卖给出价最高的人，价值会是数百万美元。它可以被专门制作成一档电视节目，在大家喜欢的 HBO（家庭影院频道）的黄金时段播放。还可以出版一本命名简单而有品位的畅销书：《“父亲”：我的故事》。

执法警官会惊奇不已：从未见过这样的东西！这人是个艺术家。

“木制少女”高 4 英尺 8 英寸，宽 28 英寸，可以用来装一个不满 12 岁的小孩。“父亲”当然不会选一个胖小孩！

“木制少女”由彼此相对独立的两部分组成：上部，或者说盖子；下部，是构成“木制少女”的主体部分。

盖子靠合页打开和关上。它就像棺材的设计；待在里面，就像在棺材里一样。“父亲”在箱子四周安上了靠垫似的衬垫。因为对“父亲”命中注定的儿子，他必然会得到关怀、仁慈和爱。

只要孩子乖，盖子会一直开着。

“木制少女”的其他部分更像一个棺材，靠安装着合页的盖子打开和关上。这样设计，在“木制少女”里的孩子，手臂就得紧贴身体两侧，受到严格约束。遗憾的是，里边没有让孩子大小便的地方。所以待在里边的孩子很快就学会控制膀胱和大便，直到“父亲”把他从“木制少女”里放出来，让他去洗手间。

但“父亲”的设计真是细致入微，他让“木制少女”尾部比其他部分稍高几英寸，让孩子可以搁脚。“父亲”的儿子不会有扭伤、折断、残废的脚！

儿子，你现在安全了，受到保护了。

我们很快就会到家了。你新的，命中注定的家。

你会开始玩忘却的游戏。

你已经开始玩忘却的游戏了。

“父亲”从车后视镜看到：一辆巡逻警车正飞速前进，红色的警灯不停地闪烁着，警笛音量开到最大。

是俄亥俄州的巡警队。突然间，红色警灯不知从哪儿冒出来，夜间，在 80 号州际公路东，距宾夕法尼亚州边界约 10 英里。

他刚刚在州际公路边的一个服务区（那里有加油站和餐馆）停了一会儿。给车加满油后，他又到餐馆买了份外带的汉堡、炸薯条和凉拌卷心菜，还有大杯健怡可乐。现在他正坐在车里吃晚餐，膝上放着装食品的纸袋。就在这时，州巡逻车队出现了。“父亲”一边咀嚼一边祈祷。他几乎没意识到自己在默默祈祷。

车后部，“木制少女”里的孩子完全静寂无声。没有被蒙住嘴的哭泣声，没有挣扎的声响。“木制少女”紧紧拥抱着孩子，孩子很快就会习惯“木制少女”的。

近了，巡逻车更近了。然后，如“父亲”所料，巡逻车一定会从他身边以大约 80 英里的时速驶过。

看都没看他一眼。这些蠢驴正在紧急地追踪谁呢？

“父亲”出了身冷汗，腋窝和胯部都出汗了。可“父亲”忍不住笑起来。

身处这样的情境，你总会感到一丝惧怕。“父亲”很少惊慌失措，但他常常感到恐惧。不过，当肾上腺素涌入血管时，恐惧很快就转化为兴奋，比性爱更棒（几乎更棒！）。

然后，兴奋变为笑声。

真逗，他听着收音机。“父亲”将音量调低，这样他身后不远的孩子就听不到了。最新新闻：伊普西兰蒂市的儿童绑架案。

仍旧可笑地被称为“令人心碎的新闻”。

“父亲”有些好奇，冷漠地好奇，那女人是活下来了，还是死了？

如果她活下来了，她（也许）通过挡风玻璃看到了他，（也许）可以描述出他的样子。但也许（他几乎希望）她死了，这会加重对身份不明的绑匪的指控，罪名会上升为谋杀。但那样的话，情况反而对他更有利。

上帝会做决定。不管那个有烟瘾的女人活着或死去，都由上帝来决定。

“父亲”穿过一条大部分杳无人迹的州际公路，进入宾夕法尼亚州时，听到夜间 11 点新闻报道：一个“嫌犯”已被伊普西兰蒂市警方拘留。

目击者已经“确认了”。是谁呢？

“父亲”笑了又笑，笑得简直停不下来。

在某种意义上来说，这是整个事件中最精彩的部分。成功，还有笑声。不过，得到孩子是这次行动的最大收获。

第九章

宾夕法尼亚州，新泽西州

80 号州际公路东

2006 年 4 月 15—16 日

他在车里打瞌睡，就那么笔直地坐在驾驶座上打瞌睡。常常是在白天，从来不会超过一小时。

车后部的孩子，他认为也睡了。

这趟旅程的最初阶段，大多数时候孩子都睡着了。

自从他们离开密歇根州底特律市，在州际公路上往东行驶时，“父亲”好几次在偏僻的休息区停下来照顾孩子。他得给孩子清洗，还要喂吃的。这些是必要的活儿。孩子的小便和稀屎，他希望有个女人来帮着收拾；但“父亲”是个有责任心的爸爸，不会逃避责任。在底特律拉布罗斯街的一家二手服装店，他买了几件童装，包括睡衣裤和袜子。孩子被绑架时穿的衣服已经很脏了，很快就要扔掉。

担心总是难免的，这担心，甚至会生出几分喜悦的战栗！打开木箱盖子时，“父亲”担心会看到孩子脸部松弛无力、没有血色、没有生机：那不是孩子，而是孩子的尸体。

自从抢到了孩子，“父亲”第一次除去了胶带和孩子嘴里的布团。

他得换一个布团，因为这个已被唾沫和鼻涕浸湿透了。

孩子喘着气，眼珠骨碌碌地转。“父亲”身子倾向他微笑，用温和、亲切、安慰的口吻和他说话。

“你好，基甸！我是你的新爸爸——‘爱心父亲’。”

孩子的眼睛飞快地眨了眨，大而圆的瞳孔简直占满了整个眼眶。虽然他是混血儿，但他的肤色苍白。他对“父亲”根本没有作出反应，只是茫然而害怕地盯着对方，像只被捕获的小动物，全身瘫软。

“儿子，你叫基甸。‘基甸’是《圣经》中的古希伯来人名，是‘勇士’的意思。”

孩子以前的名字叫罗比·惠特科姆，可从现在开始不是了。

“父亲”把一小口食物喂到孩子嘴里，但孩子似乎已分辨不出食物。食物从他嘴里掉下来，落在了箱底。

“基甸，你饿了，你渴了。你要听我的话。”

他得打开盖子，把孩子拖起来坐着。孩子身上散发出一股浓烈的臭味，得清洗一下。然后，“父亲”非常耐心，试着再给他喂吃的，想让他吃点儿三明治，吸几口可乐。

“父亲”在可乐里溶入了镇静剂，可以帮助孩子平静、放松下来。这样，他们再次踏上旅途时，孩子会很快入睡。孩子似乎察觉到了，拒绝喝可乐。

孩子的嘴似乎僵硬了，下颌肌肉僵硬了，脊柱、肢体都僵硬了。“父亲”必须耐心地哄孩子，让他消除惊慌、麻痹的状态；但现在还不行，虽然他们停在一个废弃的休息区，但随时仍会有人开车进来休息。

在这样的地方，人们一般只管他们自己的事。一个孩子被父亲调教不会引人注意。没人敢走近这辆顶上架有十字架的车，透过有色玻璃往车里窥探。然而，“父亲”知道，最好别冒险。

如果是稍大些的孩子，七八岁的，“父亲”会半推半送地将他带进洗手间，进入小隔间，用水池的水把他大致清洗一下。当“父亲”说，如果有人进来，你发出声音我就杀了你，大些的孩子会明白他的意思，但这个孩子太小，正处于恐惧的麻痹状态，听不懂这些话。你不能确信他会明白你的意思。

“父亲”用湿报纸把孩子擦干净，然后把报纸扔到地上。“父亲”气喘吁吁，烦恼不已，但他面带微笑。

“儿子，‘基甸’是你的新名字。我们到新家时，我会专门给你洗礼。你听到了吗？”

“父亲”抚摸孩子的头。令人激动的奇妙鬈发，像一小丛灌木。“父亲”又俯身去摸孩子的嘴唇和额头，异常的冰凉。孩子终于退缩了，开始喘气，像一只受伤的小动物那样哭起来。

这至少表示有反应了。最初，抵抗是正常的反应。

刚开始的时候，诺查丹玛斯也抵抗了。不过诺查丹玛斯很快就屈服了。

诺查丹玛斯之前，是申命记。

在申命记之前，是和平之主。

在新泽西州西北的基塔廷尼山，靠近特拉华河峡谷处，他们的尸体埋在一片卵石之下，普通人的眼睛看不到。

他们长得太大了。男孩会让人无法抗拒，但少年就没有这样的魅力了。11 岁是苦乐参半的年龄，因为“父亲”预见到了，可诺查丹玛斯、申命记及和平之主却没预见到。他对他们的爱，也就是他对他们的耐心、给他们的照顾，要到头了。

12 岁已经太大了，13 岁简直讨人嫌。

新得到的孩子很小：5 岁 4 个月，“父亲”听新闻报道这么说。未来至少还有 6 个幸福的年头呢。

“父亲”从未抢过这么小的孩子。他曾认为八九岁是最适合的年龄。但在神圣的罗马天主教教堂，大家都知道，如果你在孩子 7 岁以前，通过宗教仪式获得他，他的灵魂就属于你。

因为基甸年龄太小，所以“父亲”会给他更多指引。他以前在密歇根州伊普西兰蒂市的普通生活，那部分记忆，犹如微雨中的水彩画，会渐渐褪色，直至消逝无踪。

“父亲”会温和地爱这孩子。另外几个儿子都让他的性格变得粗鲁，令他失望。他和基甸之间不会有任何障碍。他们一旦安全抵达位于新泽西州基塔廷尼瀑布区的家，他就开始实行爱心计划。

当然，如果一点儿抵抗都没有，就不会有快乐可言。“父亲”期待孩子有一定程度的抵抗。在与那些大点的男孩在一起时，如果他们不为自己的生命抗争，他就感觉不到快乐，只要不是太过分就行。

基甸，你要吃东西吗？来，让爸爸高兴！

“父亲”撬开了孩子的嘴，只是轻轻地撬开。孩子颤抖着，挣扎着，眼珠子惊慌失措地转动着。就在此时，一束灯光照亮了克莱斯勒，一辆车正开进休息区。颤抖着的孩子吸了口气，尖叫起来。但“父亲”动作更快，用手捂住了孩子的嘴。

那晚，不久之后，他们的车呼啸着驶过特拉华河峡谷上方高高的桥，然后抵达农场，或者说农场里残存下来的家，距基塔廷尼瀑布约 3 英里远。

嘿，儿子！从箱子里爬出来吧，快点！

基甸，这是你的新家。

“父亲”终于得到你了。

第十章

新泽西州

基塔廷尼瀑布区

2006 年 4 月 27 日

女人在门口逗留。她的眼神像饥饿的蚂蚁般在卡什身上游移。

卡什，不管你想要什么，给我电话就行。

当然，我会的，达琳。

你有我的电话号码。

我有，达琳。

这儿看起来挺不错的，是吧？只需要稍稍整理一下。

你做得非常好，达琳。我会给你打电话。

下周就可以，卡什。我有很多空闲时间。诊所里，他们缩短了用餐时间，所以我有更多的时间。

这可太糟了，达琳。我的意思是，你的工作时间也缩短了。

该死的经济状况就是这样，你一分钱都存不了。我的信用卡已经透支了，是严重透支。

我会给你打电话，达琳。可能不是下周，是下周以后的哪周吧。

后面那间房，我们可以开窗通通风，打扫一下。我现在就打扫，还有时间。

谢谢，不用了，达琳。后面那间房保持原样就好。就这样。

我想，那是你的卧室？在外边我就注意到那间屋子，窗帘全都拉下来了。

因为我要在一片漆黑中才能入睡，晨光会让我醒来。

我猜你是那种睡觉容易醒的人。是吗，卡什？

女人在门口逗留，把卡什给她的钞票折起又展开，然后抚平。（他支付了45美元，都是1美元和5美元的钞票。底特律市永恒希望教堂的基督徒没放大面值的钞票到募捐篮里。）她把索米尔路旧农舍楼下的5间房都开窗通风，打扫干净了。她甚至还擦了窗户。卡什冲她微笑，但他眼中没有笑意。

她是个身躯高大的女人，35岁左右。上臂肌肉肥厚，（裸露的）小腿肌肉发达，脚上穿着低档的人字拖鞋。染成金色条纹的头发，像一匹马的鬃毛般又长又密。头上一圈辫子，那会让你觉得，这女人也许像吉卜赛人那样迷人。她的脸圆得像满月，鼻子又短又扁。达琳·巴恩豪泽嘴唇上红艳艳的唇膏，好像涂在猪嘴上一样，却使她有一种性感少女般的骄傲神色。右肩上还有个烟熏色的玫瑰文身。她住在滨河路的基塔廷尼瀑布村，离这儿约有3英里。自从上次卡什看到她，已经过了大约9个月，达琳体重增加了，虽然她并不算胖；她只是看上去一点儿也不柔和，肌肉也丝毫不松弛。她真是太强壮了：她去旧谷仓搬梯子，自己拿进屋。

她曾戴着橡皮手套，有说有笑地跪在水槽下清洗，虽然一脸的嫌恶，却也不急不躁，最后竟然掏出一只干瘪的死耗子。

哦，天哪！这儿简直像是个坟墓！她哈哈大笑着，想吸引卡什的注意。（卡什在清扫前厅，卡什不会跪下来清洁屋子。）

卡什不喜欢的是，达琳的穿着从来不合适，总是不像打扫屋子的样子，也不像个体力劳动者。好像这关系到女人的骄傲似的。一个身材高大、声音嘶哑的女人，穿着花哨的T恤和宽松长裤，现在上面布满了蜘蛛网和灰尘，而且全都汗湿了。扁平的短鼻子闪着油光。但她把事情干得很出色，卡什可能会再给她打电话。

她正满怀渴望地说：你知道，卡什，我们想你，我们很多人都想你。比如在教堂，当你离开时，大家难过极了，只感到空落落的，列维和普伦蒂斯也觉得空落落的，就像某种灵魂从我们当中离开了。

达琳，我也想念你们所有人，但没办法。

我有时会开车来这儿，就是为了检查一下房子，以免有人闯进来，比如孩子们会破坏没人住的地方。这地方不错，虽然一切都像这样荒芜了，还有那苹果园，去年冬天也被破坏了……

她的话音渐渐低下去。卡什强迫自己耐心点，一分钟后她就会走人。

他用平淡的口吻说，好的，达琳，很高兴听到这些话。

瞧，这儿只要漆一下，修修屋顶。还有那个石头烟囱像要垮了。我姐夫莱尔，他是个真正的好木匠。如果你想要帮助，他可以帮你。你需要他的电话号码吗？

多谢了，达琳，可能等我安顿下来再说吧。

厨房的油毡地面也不差，是吧？只要你把上面的污垢去掉。还有浴缸和卫生间，我把大部分污渍都弄掉了。卫生间里有只死耗子，那尺寸……但我把它清理掉了，也没什么妨碍。

卡什努力保持微笑，说，也许吧。

有人来和你一起住吗？比如，家人？

也许有。

是诺查丹玛斯？

不是。诺查丹玛斯和他母亲住在一起。

我从没遇到过她！她把他带到哪儿去了？

密歇根州上半岛。她的家人在那儿。

那太糟了！他真是个有教养的好男孩。

他曾是个好孩子。

你和她——你们，比如说，是分居，还是离婚了？

卡什努力保持微笑，没说一个字。

他目光冰冷，紧盯着女人的脸。

再给你一分钟。你还有一分钟，达琳。

卡什此时多么渴望掐住这女人的脖子，捏紧，再捏紧。

他会把她和其他人埋在一起。他得拖着她走一英里半，还得为她掘个该死的坟墓。而他从密歇根州开了那么久的车，才回来，真没体力干这件事。而且，她在基塔廷尼瀑布村的家人知道她去了哪儿。他还需要照顾那孩子，于是他变得平静起来。

达琳，你干得很好，我会给你打电话。

多谢，卡什！我说过，小事一桩。

女人在门口非常勉强地将身体重心转过去。一阵红晕涌上她粗眉大眼的脸，你能看出卡什让她很开心。

你有我的电话号码吧？我想你有的。

有。

好吧，卡什，晚安。

晚安。

走出几码远，女人像个孩子般忍不住回头，露齿一笑，挥手：你回来真好，卡什，想你！

总有需要女人的时候。无论如何，无法避免。

他看着达琳·巴恩豪泽走向汽车。她像个胖孩子般慢慢晃着，拖着步子走。直至看到她上了那辆狗屎土星掀背轿车，笨拙地把身体塞到方向盘后面，点火，离开，他才把视线移走。

所有这些分分秒秒，“父亲”的兴奋都在不停地飙升。血液像火热的熔岩般喷向他的腹部、腹股沟。

在后面的卧室里，孩子等着“父亲”。

第十一章

密歇根州伊普西兰蒂市

2006 年 5—6 月

他们等待着。

他们每时每刻都在等待。

电话铃会响，会有好消息：惠特太太！我们找到你儿子了，他——

下一句话的措辞至关紧要。这句话可能是很好，或是活着，并且很好，或是——活着。

只要听到那个词——活着。

"'活着'，'活着'。"

黛娜用沙哑的嗓音练习。她现在说话嘴没那么疼了，可是吃东西还很困难，所以她不吃让嘴巴不舒服的东西。

黛娜独自练习。她还要进行理疗锻炼，按要求非常认真地进行，迫使自己使用拐杖上下楼梯。她觉得这不比关节炎更糟。有数百万人患关节炎呢。

座机现在很少响了。然而，黛娜常常听到座机铃声。

一阵短促的铃声，就挂断了。她确定。

她听见时，心跳得厉害。在这寂静的屋子里，很难听不到电话铃响，然而，她担心自己没听到。

是惠特太太吗？好消息！我们刚得到消息——

这是种愚蠢的安慰，然而她心里高兴起来了，听到自己沙哑的嗓音，好像是一个陌生人的声音在打电话。电话铃很少响，因为这电话号码没在公共电话簿上登记，这号码只有执法警官知道。

她大声练习着有一天自己一定会听到的电话：

"'我们找到你的儿子罗比了，他——还活着。'"

或者，"我们找到你儿子了，惠特太太，罗比活着，而且状态很好。"

在厨房的记事木板上，冰箱门上，电话上方的墙上，都贴着罗比的照片，罗比和父母的照片，罗比画的素描和艳丽的水彩画。黛娜一天会无数次地凝视这些照片和图画。

她独自住在伊普西兰蒂市第七大街的房子里。她常常独自一人待着。

她不得不辞去密歇根大学生物系图书馆的兼职工作。他们让她休病假，但黛娜不清楚自己什么时候能够痊愈回去工作，于是辞职了。这不能怪学校。

她还像之前放弃教育学院的课程一样，从公立学校退学了，尽管只差 6 个学分她就能拿到一门社会学科的硕士学位了。

图书馆的同事几乎不来看她了，因为她没什么消息可以告诉他们。而黛娜的身体状况——她颤抖的话音、可怜的运动协调能力、伤痕累累的面孔、努力显得乐观的样子，都只会令人异常难过。

朋友和邻居们更友善些，尤其是当黛娜从屋子里出来，坐在前廊用笔记本电脑拼命打字时。

互联网也没有提供任何有用的信息。但她相信，从互联网上可以挖掘出无穷无尽的信息。

那么多“丢失的”孩子！他们睁得大大的眼睛恳求地盯着她。

有些孩子的照片已经在上面贴了许多年。

让人震惊的是，有些孩子 10 年之前就被绑架了。

她在这些孩子的信息中看到：罗比，5 岁，密歇根州伊普西兰蒂市人。2006 年 4 月 11 日在利伯蒂维尔购物广场被绑架。目击者说绑匪驾驶的是一辆“破旧的浅褐色 MPV”。如果你知道这个被绑架孩子的信息，请拨打这个免费电话……

从互联网上，你可能会产生一个幻想，所有这些孩子——被绑架的，被诱拐的，“走失的”，都在一起，在一个地方，等人领他们回家。

一出院，一旦能看清楚东西，可以用电脑时，黛娜就沉迷在电脑上敲击罗比的名字、她自己的名字和惠特的名字。一天十几次。

查收电子邮件。一天上百次。

惠特劝告过她。黛娜，要当心！

你不知道在网上会看到什么。网上有很多恶心的人。

黛娜在冒险，每时每刻都在冒险。

有一次她受到了惊吓，感到作呕。她点击进入了一个公共论坛网站，那儿有（匿名的）人在忙着讨论她儿子的绑架事件。

那母亲好像是在购物广场把他弄丢的。贱人叫孩子等她一会儿，她要去吸支烟。等她回来时，有个留着脏辫子的家伙正把孩子往车里拖。

这贱人应该被逮捕——对孩子这么疏忽。

嘿，那妈妈几乎死掉——在车底下被拖行了一段。她原本追在车后跑，想让车停下来。

贱人该死。那样忽视她儿子。

黛娜挣扎着想站起来，她差点双膝着地昏厥过去。

“上帝饶恕我！我知道，我是个坏母亲。”

“你知道他在哪儿，真的吗？你知道？”

黛娜的母亲来看望女儿，坐在起居室椅子上的她，犹如古时的复仇女神，鹰爪一样的手显出红色的光泽。

“你丈夫。你的——‘异类’——‘DJ’——丈夫。”

黛娜无语。她眼睛后方和心中都有一处疼得厉害。

黛娜知道，母亲怪她。丢失外孙无论如何都是惠特的错，所以也是黛娜的错。因为在他们结婚之前，她就和惠特睡在了一起，然后才嫁给他。

黛娜的母亲觉得自己理应得到惠特的恭维和敬重，然而惠特的表现还远不能令她满意，这让她一直耿耿于怀，对女儿与一个混血儿交往，总是怨声载道。

“黛娜，并不因为我是种族主义者。我希望你明白这点。”

黛娜点点头。哦，是的，黛娜明白。

“嗯，只是惠特，是那样一种人。”

黛娜想，和我们不是同类人。是的。

黛娜的父亲路易斯·麦克拉肯是密歇根州迪尔伯恩市福特汽车公司的中层管理人员。他和妻子杰拉尔丁·麦克拉肯以及小女儿黛娜，居住的密歇根州伯明翰市布卢姆菲尔德·维斯塔斯是个白人社区，有门卫看守。黛娜所上的伯明翰日校是所私立走读学校。黛娜的班上有两个非常优秀的美籍华裔同学，没有西班牙同学，没有美国黑人同学，也没有混血儿同学。

黛娜想，和我们不是同类人，她微笑着。真是谢天谢地。

6 年前，杰拉尔丁·麦克拉肯碰巧看到惠特在租来的伊普西兰蒂市的小房子后院抽大麻。黛娜的母亲喝威士忌，说话有时含糊不清。当她来看望正在康复的女儿时，被大麻熏到了，愤怒不已。吸大麻是非法的。大麻是受管控物品。

惠特温和地说，在伊普西兰蒂市和安阿伯市，大麻不受管控。

他开了个玩笑，但黛娜的母亲没笑。

绑架事件后，黛娜从康复中心回家，母亲频繁地来看望她。从伯明翰市到伊普西兰蒂市将近 40 英里，但这根本挡不住这个上了年纪的女人。她说过，她放弃了伯明翰市的志愿者工作，离开了朋友们，就是要来“帮助”她“伤残的”女儿。

黛娜越来越害怕母亲的敲门声和呼喊声。“黛娜？我知道你在家，请开门！”

如果黛娜不舒服，躺在起居室的沙发上，母亲可能会透过窗户看到她蜷缩在毯子下边。

“黛娜！让我进去，否则我要打 911。这不正常。”

有时候，黛娜会躺在二楼罗比房间的小床上。

自从罗比失踪那天起，这间房就没改变过。这间小屋紧挨黛娜和惠特的卧室。黛娜怀着罗比时，曾想象在两间房之间开一扇门，晚上开着。

现在，这是个小男孩的房间。有个惠特做的 4 英尺高的书柜，里面是罗比的故事书。事实上，书相当多。在渴望而担心的麻木状态下，黛娜从书架上拿出一本书:《最小的狐狸》。这本书配有漂亮的水彩画插图，她飞快地浏览着熟悉的文字，她和罗比都记得的文字。她回忆起给罗比读故事时，罗比是怎么一边和她一起读，一边用手指指着那些句子。有时候，他还会读到妈妈前头！现在，她仿佛听到了罗比的声音，这让她颤抖不已。

在罗比房间淡蓝色的墙面上，挂着很多孩子画的素描和水彩画，还有不少照片。罗比的趣味有点特别，他非常喜欢这些照片：有些是他自己、妈妈和爸爸的照片，有一张是罗比和蒙特梭利学校学前班同学以及那位活泼爱笑的詹姆森老师的合影，其他是些动物的光面照片：恐龙、巨大的章鱼、狮子、大象、长颈鹿、羚羊、野马。有一段时间，罗比只对马特别感兴趣，总想爸爸妈妈应当在乡下买个农场，这样他就可以有匹小马啦。

“那谁来照顾小马呢？”爸爸问。

"我。"

"你？就你自己？"

"嗯，我和妈妈。"

他们重复过很多次这样的对答。为什么这么有趣，黛娜说不上来，他们只是不停地笑啊，笑啊。

嗯，我和妈妈。

后来，罗比在他房间的墙上钉了一些人物海报，那些人物身躯庞大，都是星际空间或战争装扮，像电子游戏里的战士一样。这些图片在一个孩子房间里，真让人不安。黛娜对惠特说，她对这还没心理准备呢，罗比才 5 岁！惠特理智地说，我们不能监视孩子。这种事，试都不要试。

现在罗比不在了，黛娜想她是不是该把战士海报撤走。按理说，罗比回来时，他应该已经忘记这些海报了。他会不会忘记呢？

上午 10 点左右，黛娜吃的药起作用时，她在楼上的走廊东倒西歪地行走，很自然地进入罗比的房间，小心地躺下，而不是倒下。虽然无精打采，疲惫不堪，但她总是躺在铺得整整齐齐的小床上。

"罗比！哦，罗比……"

她静静地躺着，眼泪聚到了眼角，然后涌出，流到脸颊上。

"宝贝，是我的错。我永远——永远都不应当放开你的手。"

她屏息等待罗比的回话，很长时间都没呼气。她的心脏开始不规则地跳动。

"罗比，你能听到我说话吗？我是妈妈。宝贝，我们在找你，我们永远，永远都不会放弃找你。”

黛娜！黛娜！楼下传来一阵急促的敲门声。

敲门声是在前门。如果黛娜不马上跑下去见母亲，或者没力气马上下去，敲门声就会在后门重新响起。

黛娜！你在吗？你在哪儿？让我进来。

黛娜，让我进来！不然我要打911了。

所以黛娜别无选择，只好一瘸一拐地下楼，让“复仇女神”进来。

黛娜想说，你曾经有机会当一个好妈妈，亲爱的妈妈，可你那时并不在乎。为什么现在才想起来呢？

黛娜还是个小女孩时，母亲曾多次向她抱歉，说自己是个“心烦意乱的”母亲。错误主要在于“你父亲，你知道他是怎么背叛我们的”。

黛娜10岁时，父亲与母亲分开了。在黛娜印象中，是母亲赶走父亲的。他走了，她笑着告诉她的朋友们：真是谢天谢地！总之，他连半个男人都不是。

只要杰拉尔丁拥有伯明翰市萨米特路上的这座房子，就一切都好。只要杰拉尔丁每月能收到未成年人抚养费，就一切都好。

她没有再婚。也可能是她再没有找到一个“完整的男人”愿意养她。

绑架事件后，黛娜的母亲接受了伊普西兰蒂市和安阿伯市电视台以及当地报纸的采访，谈论她亲爱的外孙“在光天化日下”被绑架的“可怕痛苦”；谈论等待执法机构找到他的“挫败感”；

谈论“对上帝的信念”，罗比一定会找到的。黛娜阅读报上母亲的访谈内容，真怕母亲冲动之下可能会说出的话——“我女儿没错。她一分钟都没让孩子离开她的视线。”

惠特读了这些访谈，嗤之以鼻，扔掉报纸。

“你母亲真会炒作啊，不是吗？好像这成了她无聊生活中的一种嗜好。”

“惠特！她是认真的。她爱罗比。这事真的让她很难过。”

黛娜母亲的生活现在充满了戏剧性。在她的朋友圈子里——她们大多像她那样离了婚，或是寡妇——杰拉尔丁总是大家关注的中心。

她把头发做得更时尚、更光亮，现在亮得像是个人造桃子。她买了新衣服，衣着光鲜地在当地电视台下午时段的一个脱口秀节目里露面，身份是伊普西兰蒂市那个失踪的5岁男孩罗比的悲伤外婆。

5月下旬的一周或是10天，她的注意力有所转移：黛娜母亲发现自己一边乳房有个囊肿，要做活组织检查，然后可能摘除。在这段短暂的日子里，黛娜母亲没有来第七大街的这所房子，也没打过几次电话。真是一种解脱！

囊肿是良性的。黛娜母亲回来了。

黛娜终于对母亲说，对不起，她有一阵子不能见她。

“你是什么意思，你有一阵子‘不能’见我？这说的是什么话？对一个沉浸在外孙丢失悲痛中的女人说这样的话？难道这不是她唯一的外孙吗？”

“母亲，只是请你走开。”

“‘走开’，去哪儿？”

黛娜的母亲震惊极了，竟然没生气。黛娜想，母亲什么都想当然：在女儿女婿家接座机电话，不管电话另一端是谁，都对罗比的事讲得头头是道；她有权回答记者的问题，有权接受采访，但不费一点儿心思去了解记者是谁，或是哪个新闻单位的，就算她对人家有所了解，也仅仅知道别人是写报道的。正如黛娜无意中听到她说，她有权声明，我女儿女婿都是虔诚的基督教徒。我们祈祷罗比回家，他会回来的，如果警方追捕绑匪更有勇气些。

“是惠特想让我走开，对吧？你的——‘丈夫’。”

说到“丈夫”一词，黛娜母亲的嘴噘了起来。

“不是，母亲。不是惠特，是我想。请你暂时离开吧。”

“你病了，你脑子不清醒。你药吃得太多。我怎么能把你单独留在家里？”

“我没有吃‘太多的药’！我甚至连医生开的药也没吃完。”黛娜试图平静地说。她在听另一间房中罗比的声音，罗比在欢快地叽叽喳喳说话。他有问题要问她，她得去他那儿，把他紧紧抱住。

“我，我也许不得不告诉你，黛娜。我应该打电话给诊所，给你的医生。”

“母亲，走开！我想再看到你时，我会给你电话，但那不是一时半会儿的事。”

现在黛娜说话很激动。远远不是因为吃药，她为一种清楚的感觉所折磨，像闪亮的刀片那样冷酷无情。她把伤残的脸埋到手里，希望当她把手拿开时，“复仇女神”已经消失了。

你的“丈夫”，他在哪儿？

大多数时候，从整个白天一直到夜晚，惠特都在电台，或是别处。

自绑架事件后，他会定时开车到伊普西兰蒂市警察局总部去看看，一周不少于两次。他在寻找儿子的过程中起积极作用。他组织了伊普西兰蒂市和安阿伯市的志愿者来寻找罗比，在公共场所粘贴失踪孩子的海报。他多次接受电视台和电台的采访，去密歇根州、俄亥俄州、印第安纳州、明尼苏达州，去见州、市和县警察局的执法警官。他定时和负责案件的联邦调查局官员交流。惠特的脸，紧张、痛苦而认真。在公众眼里，几乎和失踪孩子罗比的脸一样为大家所熟知了。

惠特当了美国失踪儿童基金会的志愿者，有几次被国家有线电视频道 CNN 和 MSNBC 采访。

他继续主持那个广受欢迎的 WCYS 调频广播节目。现在这个节目可以接听打进的电话，许多人打来电话，对主持人的儿子被绑架深表同情。

他会见朋友，不是黛娜认识的朋友，而是男性朋友，他们结婚之前他就结交的朋友。有时回到家，他身上有酒味。

黛娜觉得那是悲伤的气味。谁还能怪他呢？

她母亲暗示，不只是暗示，说像惠特那样的男人不会对她永远忠诚。那样的男人，基因决定了他不会忠诚。

黛娜母亲是什么意思？因为惠特的家族混血史，你只能猜测，她说的就是混血儿的意思。

往前追溯种族，你甚至可能追溯至非洲某处的一个古老王国。

现在黛娜残疾了。现在黛娜的脸需要做多次手术。

黛娜母亲声明：她只不过是实话实说！她只是在说每个人都在想的事。

的确是真的。如今惠特不在家的时间，平均算起来，是绑架发生前的两倍多。他常常错过晚餐，而以前他总是尽量不错过和家人一起进餐。他不再看以前与黛娜和罗比一起看的电视频道——动物星球频道、探索频道、美国喜剧中心频道；他根本不再看电视。他在家时，总是在电脑前浏览网页，急切地查收电子邮件。

然而惠特始终如一地给家里打电话，每天不少于一次。他打黛娜的手机，而不是那个特殊的座机号码。

喂，亲爱的！一切可好？

很好。你呢？

很好。

有什么消息吗？

没有。你呢？

也没有。

然后是暂停。背景中的说话声大了，也可能是笑声。因为惠特身处一个人们愉快的世界，而现在黛娜被放逐在这个世界之外。

你伤心了吗，黛娜？

没有！还没那么糟。

我想，你昨晚睡得不太好？

我会吗？不会。

也许今晚会好些。

也许。

好吧。爱你，黛娜！

爱你，惠特！

晚些见。

多晚？

不超过9点。我保证。

惠特也不是一直遵守保证的。

黛娜从不责备他。她躺在沙发上看电视，不是真的看，只是按遥控器换频道，似乎在搜索——什么呢？——她不知道。这样一直到午夜。她在医院和康复中心瘦了许多，现在吃盒装的冻酸奶，因为饥饿，吃得狼吞虎咽，然后因突然而至的自我厌恶感而结束进餐。接着，拖着步子上楼，上床。

黛娜觉得，他永远不会再和我做爱了。我伤残成这个样子。

黛娜认为，我要和他做爱，那不过是场交易。而那一切，都是为了罗比。

黛娜的新朋友大多是康复诊所的女人：理疗师、护士和其他病人。康复诊所是个小小的封闭世界，你很快就会学会这里的语言。她的理疗师是个名叫雷切尔的牙买加女人，她的手指柔软，使人宽心，却有力而灵巧。如果黛娜忍受不了，悲伤绝望地痛哭起来，雷切尔就会说，亲爱的，你并不是真的忍受不了。亲爱的，你只是想把那种情绪赶出你的身体，3分钟就好了。

如果另一个病人盯着她残破的脸看，黛娜不会畏缩，不会像她曾经想的那样用手遮住脸，而是微笑，并且开始和那人攀谈。

嘿！这是在“修复”，我遇到了一个很糟糕的意外事件。我还有一个，也许是两个手术要做。

又加上一句：没有看起来那么糟！我视力没问题，牙齿也完好。

痛苦的人很快认识到，痛苦可用来达到某个目的。没有谁比这个快乐的受苦人更受欢迎了。黛娜现在知道：不幸真的喜欢与不幸相伴。

如果有人问她，她就会说到罗比。她平缓而冷静地说，没有丝毫迟疑。她知道，正如大家告诉她的，正如警察要求她的，越多人知道她丢失的儿子，越多人看到她儿子的照片，就越有可能发现“线索”。

警察说，那常常是找到失踪儿童的途径。有时候，你都无法相信有多么意外。

她愉快地说，好的。搜查还在继续。我们想，夏天我们要开车到密歇根州周边，正好进入乡村县份搜寻。当然警方和FBI都在想办法破案，他们承诺不会搁置这个案子。

她藏起了深深绝望的想死之心，藏起了心底凄厉呼唤罗比的狂乱之心。如果需要的话，她可以用毛巾捂住疯狂的嘴。她可以哭，一直哭，一直哭，直到眼睛红肿，直到泪腺也像她的心一样空空如也，却从不会让惠特知道。

惠特在床上鼾声如雷。黛娜蜷缩在浴室里用毛巾捂嘴哭泣。

看啊，上帝！就连她的指甲看上去都是畸形的，往一旁长着。她身体的每部分都是残破而歪斜的，除了她那刀片般锐利的记忆，她记得孩子的手指是怎么从她手里被掰开的。

她知道他活着，知道他想念她。

她知道，不论他在哪儿，他都想念她和他爸爸。

她是如此确定地知道，她就是知道。

他们用这样的方式，和别的方式，等待。

第十二章

新泽西州

基塔廷尼瀑布区

2006 年 7—8 月

基甸？过来，儿子。

孩子光着脚迟疑地走过去。

孩子眼里露出恐惧，愣愣地盯着什么。

孩子只穿着睡裤。

孩子小小的胸部，苍白如牛奶般的皮肤紧紧包裹着肋骨。

到爸爸膝上来，基甸。快来！

孩子迷迷糊糊的，没动。

我在命令你，基甸，到爸爸膝上来。

他们在电视间，“父亲”称这屋子为电视间。

一张皮沙发，一把椅子。藤垫。一台 30 英寸电视。窗外有台空调开着，嗡嗡作响，这是新泽西州一个闷热、潮湿的仲夏夜。两扇窗都垂着厚重的缎面窗帘和黑色卷帘。

这是搂抱时刻。是就寝时刻。

是那个时刻。

达琳？嘿。

现在可以了，他想。他可以打电话给那个女人，可以让她来做清洁。她可以见基甸了。

孩子安静得像是又聋又哑。不会有危险，他不会对达琳这样一个陌生人乱说话或者哭诉。

到我房子这边来，可以吗？你什么时候方便？

你可以见见我的小男孩基甸。

是的，他在这儿，这个夏天都和我在一起。我开车去特拉弗斯城把他带来了。

达琳自作聪明地说了几句和男孩母亲相关的话，不过是些女人爱说的俏皮话。卡什只能尴尬地笑笑。

是的。就是像那样的事，达琳。但我们不要在这儿谈她了，好吗？别再说了。

达琳更冷静地说，我明白，卡什。

早晚你会需要个女人，这是事实。某些特定的事情，比如擦洗东西，用钢丝球刷洗什么，把床上用品在晾衣绳上晒干，拖厨房的油毡地面——这都是女人干的琐碎活儿，如果你不和这女人结婚，或和她上床，你就得付钱。

卡什讨厌做家务。但该死的，达琳还行。住在新泽西州乡村这一带的贫穷白人，和住在欧扎克高原和阿巴拉契亚山区的白人一样，住的是小木屋，甚至居无定所。达琳微笑着，勇敢地展示着她那涂着口红的嘴唇；你能看到她的牙有一半变色了，还掉了一颗。

这让他笑了起来，这女人爱上他了。

卡什，他对女人有那种吸引力。

他走路大摇大摆的样子，他脑后扎成马尾辫的头发。他身上的T恤展示出肌肉精健的胸膛，穿低腰牛仔裤的臀部。胯部闪光的拉链。

他洗去了胡子上的粉。现在胡子又成红褐色的了，充满活力而富于男子气概。

在基塔廷尼瀑布区的这片破旧地区，卡什拥有一处房产。

他从一个女人那儿继承了这处旧农舍，位于索米尔路，外屋要倒塌了似的，还有40英亩农田。他于20世纪90年代在新泽西州特伦顿市的永恒希望教堂遇到这女人。这个69岁寡妇的孩子已经成年，他们“抛弃了”她，而30岁左右的卡什不会抛弃她。她名叫默娜·黑尔梅里希。在她死于心脏衰竭前的一段日子，那还是1999年，在她那位于特伦顿市整洁的小小砖房里，她曾是切斯特·卡什太太。

那是卡什唯一的一次婚姻。除了为他们主持婚礼的牧师，没人知道他的这次婚姻。

那是合法的婚姻，在特伦顿市华盛顿南街的永恒希望教堂，桑顿·希尔克牧师主持了那次结婚仪式。

这女人做了18年寡妇，69岁时又重为人妻。她那时髦的新郎年方31岁，扎马尾辫，蓄着胡须。他俩都是永恒希望教堂——

一个多种族教堂——的虔诚基督教徒。1968 年，默娜在尤金·麦卡锡的总统候选人竞选活动中做过志愿者，20 世纪 70 年代，她在各种民权运动组织中表现积极而活跃。她穿的白色婚纱，和随意披落肩头的银白色头发相得益彰，像是河谷间盛开的百合花。新娘看上去是那么超凡脱俗，让人料想会看到她赤着脚，但她穿着白色芭蕾舞鞋。卡什身穿一套帅气的暗红色天鹅绒礼服和马夹，这是他从特伦顿市一个老兵的二手服装店买来的。他修剪了胡子，用闪光的银色绳子扎马尾辫。于这对新婚夫妇而言，年龄不是问题。默娜可以快乐地说，你感觉多年轻就有多年轻！卡什可以说，默娜是我的灵魂和心肝宝贝。

根据新泽西州法律，一旦夫妻中一方亡故，所拥有的财产就为另一方所拥有。为了确保这一点，卡什夫妇签署了遗嘱。

另外，每人还投了 5 万美元保额的保险。这是卡什的主意，默娜对此言听计从。

默娜除了在特伦顿市格林德尔公园有处房产，在特拉华河峡谷附近还有个农场，她曾漫不经心地提到过，她很多年都没去看过那个农场了，只模糊地知道农场可能是什么样子。

在华盛顿街那座灰泥粉刷的小教堂，这对夫妇第一次相遇。卡什是唱诗班的一员，也是为青年做心理咨询的志愿者，而默娜是唱诗班的领唱人，也是为青年和“单身母亲”做心理咨询的志愿者。卡什在特伦顿教堂很合群，受人欢迎，很快他就受市长邀请，为社区拓展项目工作，那个项目从新泽西州获得了 100 万美元资金。

然后很快，卡什就负责经管社区拓展项目的财务账目。他遇到了利安德·霍利斯市长，市长喜欢他，因为他是个能令人开怀大笑的白人。卡什存钱，开支票。卡什喜欢说，在正确的地方，正确的时间。那就是我们所说的命运。

有一张卡什和霍利斯市长的合影照，他俩手握手，对着镜头微笑。这张照片加了相框，起初挂在默娜特伦顿的房子墙上，后来挂在默娜基塔廷尼的房子里，卡什继承了这所房子。两个男人都很英俊：卡什像头发蓬松的影星布拉德·皮特（仰慕他的人这么说），利安德·霍利斯像前重量级拳击冠军乔治·福尔曼。卡什感到失望的是，他与这位受欢迎的民主党政客的友谊似乎渐行渐远，有时夜里醒来，他会想：为什么呢？

他希望那不是种族原因。他认为霍利斯已经超越了那种原始落后的思想。

“父亲”那时的儿子是申命记。对申命记最后那些年的事说得越少越好。那个黄头发的男孩到11岁时性格阴郁，满脸痘痘，因为和“父亲”一起吃垃圾食品，一周七晚看电视，微微有些发胖，总是没精打采，患上了慢性便秘。他不和“父亲”一起看《得州游侠》《警察》《法网游龙》《X档案》《摔跤巨星》这些电视剧时，就打电子游戏——重复玩“父亲”给他买的三四种游戏。申命记不上学。有个模糊的说法好像是，卡什在家里自己给儿子上课。孩子的母亲早就死了，死于一种不知怎么得的可怕癌症。这是用来应付某些好奇者的谎言，但他们的邻居中很少有人过问。“父亲”和儿子住在一所赤褐色砂石建的双层公寓楼上，位于和州街相交的特罗特大街，离新泽西州议会大厦闪闪发光的白色圆屋顶一英里远。他们住处附近还有新泽西州法院和默瑟县法院，法院位于一片破旧街区中，那里有很多当铺和保释担保机构。

申命记不太想出门，也不再想。特伦顿市区在他看来“很差劲”。他不止一次“逃跑”，但总是在晚饭时回到“父亲”身边。这孩子没有朋友——当然。他的朋友都是电视剧里的人物，还有电子游戏里的人物，他按照程序屠杀他们，或者被他们屠杀。他像一条被链子锁住的狗，因为被缚在墙脚太久，失去了出门的兴致。如果他记起了以前的家，在俄亥俄州东部乡镇的家，他也永远不会说出来。“父亲”认为这孩子的大脑也许是一块白板——用来定义一块空白石板的新奇术语，在这块白板上你可以写下你想写的任何东西，只要你想。

申命记有时真的在哭。在浴室里，泪流满面地哭泣。

在“父亲”的床上，这男孩无精打采，毫不抵抗。他学会了不抵抗，但从未学会（主动）亲吻“父亲”，或吻“父亲”身体的任何部位。他也从不会主动触碰“父亲”，除非被命令。

孩子 10 岁的时候就开始总是面无表情，“父亲”为他感到难过。没必要留他了，但“父亲”对他还是有感情的，就像你对一条眼睛瞎了、大小便失禁的老狗的那种感情——你无法下手杀掉这条狗，但如果有人在街上开车撞死了它，你也不会在意。

默娜太太是在 1998 年 1 月成为卡什太太的，她从没见过“父亲”的儿子，也从未听说过申命记这个名字。

申命记也不知道默娜太太。如果他知道，“父亲”想这男孩会疯狂地嫉妒她。

但默娜太太进入卡什的生活后，申命记很快消失了。

儿子，这不会有害。这是维生素 B–12，能让你很快恢复精力。这也是一种减肥药，你的小肚子都凸出来啦，是吧！

在基塔廷尼瀑布区，按卡什的说法，他买下了当地人所谓的默娜农场。这里是一个让人心灵净化的地方。在基塔廷尼瀑布区北部乡下，像达琳这样的当地居民仍然叫这里默娜农场，尽管他们知道卡什现在是农场的主人。

别怕，孩子。你并不认识她。

孩子大受惊吓，“父亲”得紧紧握住他细小的手臂。

孩子被催眠般盯着大步走向他们的达琳。“父亲”已经尽力让孩子心理有所准备，他会看到一个“朋友”——“父亲”清楚地知道，达琳是孩子看到的除他之外的第一个人，自从 4 个月之前他们离开伊普西兰蒂市的利伯蒂维尔购物广场以来。

电视中的人除外，“父亲”不禁止看电视。

这个叫达琳的女人，一点也不像孩子瘦削的母亲。然而，孩子一边盯着她看，一边战栗，“父亲”不得不想孩子是不是很迷惑，在想这是不是他母亲——虽然，这人完全不是他记忆中的模样。

哦，上帝啊，达琳说，眼睛在孩子身上打转，他好可爱。

我的小男孩基甸，卡什自豪地说，他来和我一起生活，也许不仅仅是这个夏天。

“基甸”？这真是个好名字。你好，“基甸”！

卡什蹲在男孩身旁，握着他细小的手臂。孩子盯着达琳，一脸茫然。怎么？这个 5 岁男孩的小脑袋似乎正努力将她与某人联系起来，这情景简直让“父亲”着迷。

孩子战栗着。“父亲”仿佛能听得到他的牙齿在咔嚓咔嚓地打战。

那天，气温一直低于 90 华氏度。

卡什说，眼睛和嘴巴像我，是不？大家都这么说。

就是。哦，上帝，卡什，他好可爱。

他叫基甸，“上帝的战士”。

他有点害羞，哈？这可不像他爸爸。

达琳也蹲到孩子面前，忍不住抚摸他那拳曲的头发，而男孩拘谨地站着，一动不动地盯着她，水汪汪的眼睛飞快地眨了眨。

“父亲”给孩子头发染了色。头发不再是本来呈现的黑色，而是褐色中夹杂着金色，像遭到践踏的沙滩。

前晚，男孩受了一番训练。首先，“父亲”在水池里放满冷水，命令孩子低下头把脸埋进水里。孩子拒绝时，“父亲”捏住他脖子，把他的脸按到水里，数着一二三四五。

然后，他在“木制少女”中而不是在“父亲”的床上过夜。他嘴里塞了布团，臀部周围的空隙塞满旧衣服，用来吸尿。

“父亲”几乎为儿子感到难过了。但在训练中，首先要惩罚。

直到第二天中午时分，“父亲”才让基甸从“木制少女”中出来。那时候，小男孩已经很虚弱，很饿，饿得快不行了。他像只小动物，狼吞虎咽地吃东西，吃得都吐了。

呕吐要受好几种惩罚。“父亲”让孩子一一遭受。

基甸，儿子，跟达琳打声招呼。她是我们的朋友和邻居，知道吗？她过来给我们帮忙。而且，如果爸爸要去其他地方旅行的话，达琳会照顾你。

哦，我太愿意了。他这么可爱。

孩子那根他自己不小心弄断的小手指已经愈合了。“父亲”希望达琳不会注意到那一小块骨骼。孩子手上那个微小、僵直棱角上的骨骼，已经愈合了。

达琳轻柔地低声和他说话。你为什么不对我说你好啊，宝贝？

孩子长着细密睫毛的黑褐色眼睛似乎不怎么有焦距。似乎赫然出现在他面前的达琳太大了，他的眼睛无法把巨大的她看进去。

“父亲”在想，达琳会不会认为他儿子有问题，智力迟钝，或者是个“孤独症患者”——那年头，关于“孤独症患者”的说法很多。

“父亲”轻轻摇了摇男孩，把他的手臂抓得紧紧的，但疼痛不已的男孩在学着不躲避也不哭泣。

嘿！告诉达琳你从哪儿来的。

男孩的嘴唇动了动，声音几不可闻。男孩仍旧盯着大胸脯的达琳，向她眨眼，好像——（是这样吗？）——他希望她会变成别人，来找他的人。

终于，基甸像个上了发条的洋娃娃开始说话。

从密歇……根州特……拉弗斯……城。

宝贝，是哪儿？

他说“从密歇根州特拉弗斯城来”，他母亲住在那里。

哦！好远啊。

儿子，告诉达琳我们怎么来到这儿的。

孩子吞吞吐吐地说他们是乘一个“特别的箱子”来的。

卡什恼怒地笑了，又轻轻晃了晃孩子。

他的意思是，坐我的车来的。

（来到基塔廷尼瀑布区后，卡什就拿掉了车顶上那引人注目的白十字架，又把车重新漆了一次，现在车是暗红色的。新漆闪着光，暗示表面之下的暗流涌动，但考虑到这车已经使用的年数，卡什觉得这辆克莱斯勒看起来相当棒。）

基甸，给达琳说说你母亲。

现在孩子说话开始说得快点儿了。这些话是准备好的，轻松地从他嘴里蹦出来。

坏妈妈。她吸烟。

达琳笑了起来。嗯，基甸，很多妈妈都吸烟。我们谁都不完美。

坏妈妈。她吸烟。

孩子重复着这两句简短的话。他笑了：一个快速闪现的渴望的微笑。卡什抚摸他的手臂，手指缠绕着孩子小小的手指。

达琳说，哦，卡什，恐怕基甸尿湿了。

卡什闪到一边，显出厌恶的样子。

尿到裤子上了！该死的小孩。

卡什又尴尬又生气。达琳过来说情，牵起基甸的手。卡什，我会给他擦干，给他换好裤子。没问题。

该死的小孩。5岁了，你可以想象得到他那个整日醉酒、贱狗一样的母亲，到现在都还没教他养成卫生习惯。

这是个笑话，所以达琳笑了，虽然笑声并不那么轻松愉快。显然她在担心受惊的小男孩，小男孩紧紧抓着她的手。

宝贝，我会把你弄干净，给你换上干净的衣服。别管你爸爸，男人都是那样。他们把某些事儿太当真，另外一些事又不那么当真。

“父亲”跟达琳和儿子进入房子，到楼下的浴室。那边是“父亲”的卧室，异常整洁，因为基甸的一项家务活就是每天早晨收拾“父亲”的床，把他到处乱扔的内衣裤、袜子捡到屋子一角的藤篮里。

“父亲”把“木制少女”放进了壁橱，以免碰巧有人进入房间看到。

他现在很少用“木制少女”了，现在基甸越来越驯服了。有时候男孩被关进“木制少女”，但盖子开着，这样他可以呼吸得顺畅些，看到的也不仅仅是卧室的屋顶。

今夜呢？“父亲”还没决定。

达琳在浴室里放水。她开始脱孩子的短裤时，基甸呜咽着推她的手。

基甸！让达琳照顾你。她真的是个好女人，愿意把你好好洗干净——所以让她做。

孩子停止反抗。达琳脱下他的短裤，尿湿了的白色小内裤。

过于讲究的“父亲”退到一边去了，来到浴室外边的门厅里，但他没走开，不敢放松警惕。

他听到达琳在对男孩说话，柔声细语，浅笑盈盈。毫无疑义，一个女人自有她的办法，宽容和善意是她们的天性。女人自然就会喜欢小孩，这是她们的本能。你几乎可以让一个女人做任何事，如果她喜欢你，她会做的——哪怕是她觉得有机会让你可能喜欢她。

有个秘密：基甸在被测试。

每个白天，每个时刻，甚至每个夜晚。

这种测试就是夜间的搂抱。基甸常常通不过这项测试。

哭泣，抵抗。所以“父亲”别无选择，只好使用暴力。

（事实上，这让“父亲”感到刺激。因为“父亲”藐视软弱、只会哀鸣、不抵抗的男孩。）

（“父亲”依然不允许哪个儿子有反抗行为，即使这个儿子是那么小。）

“父亲”在床上惩罚男孩时，事先会仔细在床单上垫一条浴巾，在孩子嘴里塞一块软布，另外，还有必要把男孩塞进“木制少女”里待一段时间。

你会记住的，儿子，违背“父亲”只有一个结果。

而如果你坚持，你的小命就会送掉。

懂吗？

经过夏天对男孩的测试，经过几个月的测试，“父亲”的感受仍然模糊不清。

有时候，“父亲”对男孩疯狂地迷恋。

他只是赏心悦目地盯着男孩。

回想起在购物广场里小兔子围栏边，这个漂亮的鬈发小男孩眼光是如何匆匆掠过“父亲”，淘气地微笑，吐着唇间粉红的小舌头……还有他俩之间交织的目光，被忽略的母亲，完全秘密的目光，灼热的目光——我不想和她在一起，我想和你一起。带我和你一起走！

但另外一些时候，“父亲”又不那么确定。男孩那么安静，你会觉得他很傻，但“父亲”知道不是这样的，那是假装出来的。

他看到基甸悄悄地翻看他带到屋里的东西——本地报纸、特伦顿的《时报》和一份名为《新泽西健儿》的杂志。

（基甸识字？他不像是会看书，但他的确盯着那些栏目上的印刷字体看，有时候嘴唇无声地嚅动着。）

（卡什声称他儿子智障，所以即使要上学，这阵子也不会去。没有人对卡什之前的声明提出过疑问，诺查丹玛斯、申命记或和平之主，他们每一个都曾经是智障儿童。）

嘿，儿子，过来。

快点过来。

他俩观看电视剧《胜利之光》。

他俩分吃一份芝士辣香肠比萨、一瓶大份健怡可乐、一盒淋着黑莓酱的“火鸡农场”冰淇淋。

在被“父亲”惩罚了一番后又被召唤时，基甸总是畏缩而谨慎。可那时候，“父亲”是那么真诚、那么有爱心，男孩会一身轻松，感激不已，就像一只被踢到一边的狗现在又得到抚摸和宠爱。

男孩的回报是吃“父亲”手里的一块块比萨，狼吞虎咽，吃得都噎住了，咳嗽个不停，但的确是以一种取悦“父亲”的方式在吃。

食物就是爱，儿子。谁爱你，谁就喂你吃的。

谁喂你吃，谁就爱你。懂吗？

随着时间流逝，“父亲”大起胆子带男孩走入外面的世界。

小基甸长得其实并不太像他这个年长的伊普西兰蒂市人。“父亲”可不这么想。“父亲”的影响力那么强，男孩越长越像他了。

那褐色夹杂金色的头发。

孩子眼里现出一种新的神情——他不再年幼了。

“父亲”有这样奇异的感觉，就像往血管里注射了兴奋剂，当他开车带男孩到基塔廷尼瀑布区，或新泽西州的兰伯特维尔、宾夕法尼亚州的纽霍普市——和基甸手牵手进入西夫韦超市、杂货店、五金店或锯木场时——像个父亲和他的孩子走在一起时，他由衷地感到自豪。看到没？我是个正常人。这是我的小孩。

而有时候——（几乎抑制不住这种冒险而得意的兴奋感）——“父亲”会与另外一位陪儿子的父亲搭话，比如在看一场小联盟垒球赛时。你儿子也是其中一员吗？——“父亲”也许会这样问。

年轻的父亲会指出哪个是他儿子。是那种最普通的瘦削孩子，却依然让做父亲的引以自豪。“父亲”会友好地问他，自己的儿子基甸要多大才能试着去参加这种小联盟垒球赛，虽然他已经知道答案了。就这样，他开始和另外一个人谈话，也许——（这事可不止发生过一次）——他和基甸会受到邀请去参加一个周末户外烧烤会。

7 月 4 日，他们受邀参加了两场户外烧烤会，分别在新泽西州的基塔廷尼瀑布区和兰伯特维尔市。

一个看上去年轻帅气的男人，坦诚，友好，牵着一个小孩——其他父亲自然会喜欢你，女人们也会为你着迷。

他很可爱吧。

他当然像他爸爸。

你叫什么名字？“基甸”？

他多大了？

你们住哪儿？

一切顺利。让人兴奋！“父亲”喜欢看到别人眼里的自己和儿子。

“父亲”内心深处激动不已——他是多么勇于冒险，多么胆大啊。

执法警官都会大吃一惊。他随身带着绑架来的孩子，就在公共场所，在大家眼皮底下活动。

有一次，“父亲”把车停在滨河路边，折返走到一名特拉华县治安官那里，治安官把巡逻车停在一排树后，躺在那儿守候超速驾驶者。儿子就坐在“父亲”车后排的儿童座椅上，系着安全带。

警官，能打扰一下吗？你知道——峡谷邮局在哪儿吗？

警察告诉“父亲”一直往前开。就在前面几英里处，他不会错过的。

谢谢长官！非常感谢。

他与执法警官正面交锋，而被绑架的男孩就在他车里！

在公共场所，在有陌生人的地方，基甸非常腼腆而安静；和他同龄的其他孩子都在快乐地叽叽喳喳说话，但“父亲”的儿子不会这样。

可是，他的视线快速地四下移动。你能感到——（“父亲”能感到）——这个 5 岁孩子的兴奋、激动和机敏，即使他极少开口说话，甚至陌生人朝他微笑时他也极少微笑。

（“父亲”警告过男孩无数次：引人注意或以任何方式让“父亲”尴尬或烦恼，他就会被按到水池里呛水，会被锁到“木制少女”中闷死在他自己的屎尿里。而那还是在“父亲”心怀慈悲的情况下。）

（初夏的时候，他们玩过几次“勒死游戏”。“父亲”说，儿子，这游戏不是要惩罚你。你什么也没做错，不该受罚。这游戏只是用来警告你，如果你确实做错事时，可能会受什么样的惩罚。）

孩子多次听到这样的教导：他以往的生活已经死了，烟消云散了。他父母把他抱给别人收养了，因为他让他们花了太多的钱，所以最好认为他们也死了，烟消云散了。

儿子，有成千上万的孤儿，像被收容的动物。他们被父母赶出家门，而他们在收容所的生命是有限的。儿子，你知道安乐死是什么吗？

基甸温顺地摇摇头，不知道。

安乐死就是杀死一个活着的生物，因为没人在乎它，没人喜欢它。

基甸温顺地盯着“父亲”的脚。

因为“父亲”常常不愿意基甸看他的脸，只让基甸用低下谦恭的姿势看他的脚。

安乐死发生在大约40%的孤儿身上，是那些孤儿的父母自己除掉了他们，因为没人想收养他们。你真他妈的幸运——“父亲”选中了你。

基甸温顺地盯着“父亲”的脚，泪眼汪汪。

跟我念：“我是个非常幸运的男孩。”

基甸的唇动了动：我是个非常幸运的男孩。

儿子，大声点，就像你很想表达这个意思：“我是个非常幸运的男孩。”

又一次，几不可闻的声音：我是个非常幸运的男孩。

儿子，要说得就像你的性命就靠这句话决定那样：“我是个非常幸运的男孩。”

“父亲”提高了嗓音。“父亲”前额上的一根血管跳动着。

基甸终于说出了让人听得到的话：我是个非常幸运的男孩。

这就是如何训练动物的方式，“父亲”知道。重复，强化。

奖赏，惩罚。鉴于儿子的特殊情况，建议使用不可预料的奖赏和惩罚。

譬如“勒死游戏”。如果“父亲”感到厌烦、没劲，这个游戏会很快让他激动不已。但如果“父亲”心情舒畅，“勒死游戏”就可能变成“咯吱游戏”，就要男孩笑。

关键是，永远不要让孩子理所当然地认为你应该为他做这做那，却不知感激。

永远不要让孩子认为他的生命、他的每一次呼吸都是理所当然的。

然而，基甸必须信任“父亲”，就像一个亲爱的孩子会信任他亲爱的爸爸。

儿子，你知道我爱你，是吧？

是的。

你知道这点，是吧？

是的，爸爸。

你信任我，是吧？

是的。

用你的生命信任我，是吧？

是——的，爸爸。

有时，“父亲”把男孩吊起来。孩子嘴里塞着布团，这样他就不能呜咽、出声、哭泣或喊叫。

只穿了一点衣物的小男孩。上身光着，小小的下身穿着破短裤。孩子的裸体从破短裤里显而易见。

“父亲”躺在床上，看着。

这让他产生了持久的兴奋。就是！“父亲”从未对此厌倦过。

事实上，“父亲”是关心男孩的:先用纱布把孩子的手腕包好，确保绳子不会勒进肉里。这么一个漂亮的男孩，你是不愿意在他身上留下疤痕的。

通过这些方式，他会知道你关心他。

他还会心存感激。

第十三章

新泽西州

基塔廷尼瀑布区

2006 年 8—9 月

基甸，这些结打错了。

“父亲”在教孩子编织装饰结手艺。

在下游 50 英里的宾夕法尼亚州纽霍普市，有一家“礼品篮”小店，卡什结识了离婚的小店老板娘。店里带有编织装饰结的钱包、手提包、皮带、宠物狗毛衣和挂饰，都以高昂的价格出售给游客。

卡什当时向埃德温娜·奥尔德曼自称是个艺术家。

大多数时候，他都在画画或者进行雕刻创作。但最近，他发现编织装饰结也可以成为一门艺术。

他还自豪地介绍了他的儿子。画了眉毛，戴蓝色塑料框架眼镜的女人蹲下来，摇着男孩的手，嘴里兴奋地咕哝着。

啊，你好啊，基甸！

卡什就这样温文尔雅地结识了这个女人。她把名片放在他的手心，邀请他，当然还有他儿子去她在纽霍普市的“河边住所”共进晚餐。卡什说，也许很快就会有机会一起进餐，但他现在正事务缠身，编织挂饰可是他的专长。

这样一来，只要孩子学会编织，“礼品篮”店就成为孩子编织的装饰结饰物的销售渠道。

儿子，这个不难，这不过是女人日常干的一项活儿，只要会用手指就能做好，就像打毛线。你只要学会基本步骤，然后重复基本步骤就行，再带丁点儿变化，也就是色彩的变化。明白了吗?

他见过孩子在西夫韦带回来的纸袋上的涂鸦。也许这孩子有些小天赋。“父亲”首先想到的是，我儿子可能早慧！那叫什么来着——天才。

“父亲”给基甸买了“绘儿乐”、彩色粉笔、一套儿童用水彩。但在“父亲”的注视下，孩子不像有灵感。

（基甸更愿意在纸袋上涂画，然后藏起来不让“父亲”看到。但在“父亲”面前什么也藏不了。）

编织装饰结更实用些，编织的作品多少有可能在“礼品篮”店里销售出去——如果基甸能学会基本技巧的话。

他是个聪明的孩子。他从犯错误中学会技术。

基甸做得差不多正确时，“父亲”会记得表扬他。美国心理学家斯金纳的强化理论提过：表扬而非责备，奖励而非惩戒。但是该死的，惩戒真是其乐无穷啊。

而且，仅仅奖励会让基甸对这个世界产生错觉。事实上，这个世界很残酷，不是儿童乐园。

就像传教士保证的那样：有罪之人和耶稣的仇敌会下地狱。耶稣的信徒有权期待他们自己上天堂，其他人下地狱。一个聪明的神父将给予他的基督徒所需要的。

该死的编织装饰结也许比它们看上去的要难。“父亲”用了好些时间。尽管孩子的手指很小，可是会起作用的。

挂饰最容易做，你多少可以照互联网上的样式做，每次有些小变化就行。没有哪个在宾夕法尼亚州纽霍普市买编织挂饰的人会指望买到原创艺术品。钱包和手提袋更复杂些，但能卖更高的价钱。

儿子，再试试打这些结。

孩子尝试着。但他摸索着尝试后，又失败了。

继续努力，儿子。我警告你。

孩子就这样继续着。一小时又一小时过去了。

“父亲”走开了，当“父亲”回来时，孩子已经有了一小点儿进步，仅仅是一点点。

“父亲”耐心地说，儿子，这样好些了。就这样坚持下去。

那天结束的时候，孩子已经做出了一条12英寸长的带子，虽然还算不上该死的装饰结饰物，但也是一条生动鲜艳的绿色带子。儿子，你很有希望！儿子，这是一个很好的开始。

基甸羞涩地笑了。

明天，你会做得更好。你还会做得更多。

基甸羞涩地笑了。一种充满希望和向往的浅浅微笑。

我们会一起做生意，对吧？“卡什和儿子”。也许开个我们自己的店，还有一间可以供人们参观的设计室。

但那天晚些时候，吃晚餐时，“父亲”亲切地和孩子说话，孩子却眼神空洞，没有笑容。“父亲”狂怒，心想，孩子这时候可能想起了以往的生活。

他手指在孩子的鬈发间摩挲：孩子的头发很快得重新染了，因为已经开始露出黑色发根。“父亲”不喜欢孩子怕他的模样，哪怕只表现出一丁点儿。而孩子的一边眼皮抽动了。

不要怕爸爸，听到没，儿子？你的“父亲”？

没，没有，爸爸。

现在，孩子双眼的眼皮都抽动了。他的小脸绷着，没有笑容。

你是想让你的“父亲”滚开吗？你这是要造反吗？

这儿子让“父亲”想起了他以前的儿子，那些让他失望、恼怒的儿子。

“父亲”的手指抽搐着。“父亲”是那种铁腕爸爸。

我在问你，儿子：这是一种——造反吗？

基甸迅速摇头，不是。

不管造反是什么意思，基甸都知道最好回答不是。

但现在基甸惊慌失措了，紧张得像只被踢了一脚的小狗。

他摸索着从微波炉里拿出一碗汤，汤碗掉到了地上——他发出了一小声惊叫，汤汁烫了手——“父亲”骂骂咧咧地冲过去，嫌恶地对他拳打脚踢，然后叫孩子用抹布把地板擦干净。孩子忍住没哭，脸色阴郁，“父亲”由此清楚地看到了叛逆情绪。等孩子擦完地板，他就抓着小家伙的后背把人拽到卧室里，扔在地板上，然后从壁橱里拖出“木制少女”，有一阵子没用这个了。天啊，这就是问题所在：他对这孩子变得太温和了，这孩子就对“父亲”想当然啦。他试图把儿子塞到“木制少女”中，但男孩疯狂地尖叫反抗，像只野猪似的撕咬。“父亲”一巴掌把他扇到地上，拳头雨点般落到那瘦小的身体上。直到孩子几近昏迷，鲜血从两股间流出，“父亲”才毫不费力地把他塞到“木制少女”中，然后砰地把盖子合上，锁好。

不过他忘了往孩子嘴里塞布团，也忘了往箱子里放尿布。

他还在自言自语：如果你喊叫，就永远不放你出来。

那晚，“父亲”睡在床上。而基甸，他儿子，在离他不远的“木制少女”里，纹丝不动。

如果他夜里死了，那是他活该。“父亲”对自以为是的家伙零容忍。

次日早晨，“父亲”对孩子视而不见，只踢了一下“木制少女”，以叫醒孩子，如果他还在睡的话，让他知道现在是该死的早晨，白天了，然后“父亲”就走开了，直到中午才回来。这时候，他心里突然涌起了一股柔情，怜悯起男孩来。他打开盖子，基甸似乎神志迷糊，脸色惨白，下巴上有呕吐物的痕迹。“木制少女”中发出一股刺鼻的尿味。

“父亲”又踢了一脚“木制少女”，想叫醒男孩。

天啊！从里面滚出来。你还没死，你得把自己洗干净。

你还有事要做——家务事，还有那该死的装饰结要编织。

站起来！自己站起来。你可以站起来。

孩子眼皮跳了跳。孩子在喘息——奇怪地喘息，因为他已经有12个多小时没动过了。

孩子动了一下，要坐起来，但立即又倒了下去，仿佛筋疲力尽似的。

儿子，我们还有事要做。就算是夏天，我们也不能一整天闲着。快点，起来。

孩子还是太虚弱了，坐不起来，更别说从那棺材样的箱子里站起来。

那你就躺在自己的屎尿里吧！该死的兔崽子。

“父亲”嫌恶地走了出去，砰的一声关上门。

半小时后，“父亲”正巧在用手机与特伦顿永恒希望教堂的帕斯特·西尔克通话，安排10月的某个周日，传教士向基督徒布道的事，正在那时，他看到了，窗外，半身赤裸的小男孩跌跌撞撞地从房子里跑出来，跑向那个摇摇欲坠的破旧干草棚。

天啊！

“父亲”的手机滑落到地上。“父亲”跑出房子，在孩子后面追赶。孩子一定是从房子后门溜出去的——打算逃跑。

没跑向大路。还没。

藏在干草棚里。什么意思？

窸窸窣窣的声响从干草棚旁边的一间仓库里传出来。

这间仓库老鼠横行，曾用来存放锈蚀的拖拉机、旧轮胎和玉米棒子芯。也许，多年前，这些玉米棒子芯是用来喂牛的？

基甸？你在哪儿？

“父亲”跪下来，眯缝着眼往仓库里看，看到一个地方，那么窄，让人简直无法相信有东西可以在里边爬行，更别说是个5岁的男孩了。

基甸！儿子！从那儿出来。

“父亲”喘息着，激动不已。“父亲”震惊于儿子试图从他身边逃开。

他已经很爱儿子。他们在一起的搂抱时刻通常都很甜美。

儿子已经从“父亲”手里吃了那么多次东西，知道要信任“父亲”。

他叫着男孩的名字。哄劝，威胁。慢慢地数一、二、三，慢得足以让孩子有机会服从——但孩子没有服从。

“父亲”骂骂咧咧地趴在地上，眯缝着眼往仓库底下看，勉强能辨认出孩子就在几码之外。出来，你这天杀的！我是你爸爸。你要服从我。

孩子一言不发，纹丝不动。

“父亲”站起来，走到仓库另一边，又趴下来，喘着气，往下面看。真想不到一个孩子可以挤进那么狭窄的地方。

知道吗，儿子？我要把这里烧了。我数到三你就要出来，否则你会被活活烧死。

“父亲”又一次慢慢地从一数到三。但孩子没有动，他完全吓蒙了。

“父亲”终于摇摇晃晃地站起来。他别无选择。

（别开枪。“父亲”还没鲁莽到在自己的地盘上开枪，从而引起外人的关注。）

“父亲”转而跑回屋，从他床下的枪盒里取出那支点22口径的步枪。

盒子里还有其他武器，孩子从没看到过。

“父亲”像个士兵似的手持步枪一路小跑着回到了仓库，叛逆的儿子正躲在仓库里。他趴下来，把仓库地上的桶推到一边，然后又拨开杂草。

你这个小黑鬼、白眼狼，现在你在上帝手里了。他在召唤你。

第一枪发出震耳欲聋的声响，就连“父亲”自己都因没有心理准备而吓了一跳。步枪开火会产生相当大的回震，他忘了这一点。

现在孩子呜呜地哭了。他受伤了？“父亲”有意要打偏的，但还是有可能击中孩子。

如果击中，伤会很严重，他可能无法包扎好，就不得不让孩子流血而死。“父亲”绝不会带孩子去医院。

但孩子并没显出受伤的样子。他爬到了仓库的另一个角落，在支撑这个破旧建筑的一根水泥柱后面，缩在那儿。“父亲”几乎看不到他了。

“父亲”又一次瞄准，扣动扳机。

孩子惊恐地哭泣。但太迟了。

“父亲”共开了五枪，每枪都特意估量过。他将子弹射到缩成一团的孩子右边，射到缩成一团的孩子左边，还将子弹射到缩成一团的孩子前边。

然后，“父亲”使劲站了起来。该死的枪声仍然在他耳中轰鸣。他到厨房拿了一听冰啤酒，还拖了一把折叠椅到草地上来。坐着，等待。

其他儿子都死在“父亲”臂弯里。他自有理由送他们到上帝那儿接受判决。他被惹恼，大多是因为那些少年的傲慢无礼，还有他们的青春痘也让他厌烦、倒胃口，但他确信他们都平静地死在他臂弯里，一点也不知道发生了什么，都是些小傻帽儿。而这个，基甸，这个混血儿子，非常机智，看得出来。

“父亲”把步枪横放在膝上。“父亲”还没下决定，等孩子爬出来时，杀不杀他。由上帝决定吧，像掷骰子一样。

大约 20 分钟后，“父亲”瞥见仓库下有东西在动。太阳已经偏西，进入下午时分了。这是新泽西州 8 月里闷热潮湿的一天。“父亲”微笑着看到男孩小小的脑袋从仓库下露出来，就像新生婴儿的头颅一般。这一幕有如奇迹！“父亲”将孩子召唤回来了，孩子向他屈服了。

孩子从仓库下面艰难地爬出来，一身的尘土。看到“父亲”端坐在 12 英尺外的折叠椅上，他开始像只受伤的小兽般爬过去。

那是最美的一幕。

“父亲”完全忘了膝上的步枪。他扔开啤酒罐，跪在凹凸不平的地面上，双臂抱起哭泣的孩子。眼泪从他俩的脸上流下，在阳光下晶莹剔透。

“儿子。”

第十四章

密歇根州伊普西兰蒂市

2006 年 8—9 月

黛娜？亲爱的，你在哪儿？

他回家晚了。虽然黛娜可能知道这不是他的错，因为那晚他得重新录制整个节目，确实是这样。不是他的错，但他还是感到歉疚、担忧。黛娜不在楼下，虽然起居室和厨房的灯都亮着。黛娜也不在他们的卧室，那里灯没亮。

罗比的房间，也没亮灯——黛娜在那儿，躺在小小的儿童床上，穿着浴袍，光着脚——惠特在门口叫她，走近她，俯下身子摇晃她，她都没有反应。

黛娜？黛娜？黛娜？

第二篇

2012 年 4—5 月

第一章

新泽西州

基塔廷尼瀑布区

2012 年 4 月

奇怪！

太奇怪了，这些令人惊异的科幻形象，或者可能是幻想出来的形象。

他也许是从电视或者网上看到过这些形象，也可能是玩电子游戏时看到过。

那个电视连续剧叫什么——《权力的游戏》？或许他是受了那个连续剧的影响。

很难知道这男孩是“有天赋”，或者（也许）只是在复制形象。西勒纳佩小学的老师都不太熟悉大男生们喜欢的电视节目或电子游戏。

这个六年级学生将素描和水彩画中的细节都处理得很好，可是，他的画有一种隐蔽的氛围。一个人——（是个男孩？）——在一个阴暗的处所，和一片长方形光亮——（来自一扇窗？）——

那扇窗开着，朝向远处的什么，像是房屋。

这幅素描中有两片截然不同的区域：前景是暗区，有个人待在那儿，还有一片似乎很遥远的明区，在一扇长方形窗户的外面。

一些素描中，这个人躺在一口棺材里（？）——棺材上部有个开口，这样可以看得到男孩眼睛睁得老大，显露着眼白。

他的身体藏在棺材里，是被束缚的模样。你只能想象他的手臂紧贴身侧，被禁锢着。

一些水彩画的色调比素描要明亮些，没有那么阴森：男孩身处一只飘浮在空中的独木舟状容器中，四周是星星和月亮。

在独木舟状的容器中，有一只像是小狗的动物和男孩待在一起。小动物是棕褐色的，耳朵竖起，长尾巴卷卷的、毛茸茸的。

一只友好的动物！让人感到放松。与素描那阴森的色调形成对比。

因为公立学校的财政预算大幅度削减，西勒纳佩小学没有美术课，也没有音乐课；但是有个还挺年轻的英语老师获得过美术教育证书，她在教学期间自愿给感兴趣的学生教美术。

这些学生中有一个就是基甸，一个六年级学生。

授课老师斯韦尔小姐，惊异于男孩强烈的感情和他那非孩子性质的奇异天赋。他在自修室的角落里如饥似渴地画画，但要他展示画作时，他又那么勉强。他似乎还不能适应老师的表扬。

而且，想哄他抬起眼帘正视她，那可真是个挑战。

他脸上有那种受过伤害的神情，但也有倔强的神情。

斯韦尔小姐告诉其他老师，基甸最奇异的素描中有一张肯定是模仿了戈雅的油画《农神吞噬其子》。男孩通过素描的暗面、灰面和明暗交界线的处理，描绘了一个残忍的光头怪物。那怪物微笑着，正要把一个极小的洋娃娃尺寸的孩子头颅咬掉。怪物把孩子握在手心里，像握着根剥了皮的香蕉。

美术老师说这不可能是巧合——这幅画一定是“模仿”的。

但你无法苛责一个11岁的孩子模仿别人的作品。

她打了个寒战，说：“那个可怕的吃人怪物形象不可能是原创的。”

基甸是个害羞的男孩。他在班上很少说话，简直让人误认为他是哑巴。

也许是又聋又哑。

那父亲自己都曾暗示过，基甸（可能）是个“孤独症患者”，某种程度上是。

或者是，患了“阿斯伯格综合征”。

即便是作品得到表扬时，男孩也是沉默地站着，目光低垂。与他瘦削的肩膀和纤弱矮小的身躯比起来，他的脑袋看上去太大。脸色苍白，左边眉毛正上方有个小小的鱼钩形疤痕。

你弄伤过自己？斯韦尔小姐问道。看上去那像是个严重的小伤口。

基甸点点头，是的。他弄伤过自己。

他父亲说，基甸上学上得迟。基甸年幼时，身体不太好，他们在缅因州的一个乡村生活，最近的诊所都在30英里以外，而公立学校也没有为“特殊”学生开设的班级。

基甸 5 岁时，他母亲去世了。卡什说。

肺癌转移成胰腺癌。从确诊到去世只有 6 个月。

基甸从来没有真正从失去她的悲伤中恢复过来。

他也是。

卡什一边说，一边用手擦了擦眼睛。

然后，他们搬到了新泽西州。有一阵子，卡什试着自己在家教男孩知识，但基甸 8 岁时，似乎已经足够成熟，可以入读学校的“特殊”班级。

在基塔廷尼瀑布区的这所小学，基甸让老师们非常惊讶，因为他学得那么快。他已经知道如何看书、如何做简单的算术；他父亲曾建议，开始时，先让他进特教班学习，特教班是专门为学习有障碍的学生开设的，但是他很快就升到三年级。

基甸的“社交技能”确实没有任何发展。他一方面强烈地意识到周围的环境，一方面又对环境浑然不觉，仿佛自己是个隐形人。他躲开同学。他似乎不能和任何一个成年人“对话”。他只能听，战战兢兢地微笑，然后结结巴巴地回答，声音小得几不可闻。他似乎在倾听信息方面有困难，也可能是对听到的信息理解有困难；当老师问全班同学一个问题时，不管是友好地问，还是面带笑容地问，基甸都会噤若寒蝉，惊慌得好像那问题就是问他似的。

老师们知道和基甸说话要柔声细语，要像对一只受过惊吓的小动物说话那样，要反复、轻柔地和他说话，好让这个孩子知道他没有受到任何威胁，情况并不紧急。

其他孩子都兴奋地挥着小手想回答老师的问题。基甸却目光闪烁，然后看向地面，手放在膝上，搓着手指。

基甸极少微笑。基甸从没哈哈大笑过。

在同学中，他似乎是唯一一个从未“得到”任何幽默评价的孩子。这个男孩，看起来比实际年龄要小，只是坐在课桌后，皱眉、凝视、眨眼，好像一个人在听自己完全无法理解的语言。

然而，基甸的老师谈到他时，说他们从没见过哪个孩子那么渴望取悦于人。

起初，基甸在西勒纳佩小学实际上没有朋友。到了五六年级，他在同学中有了几个朋友，但个个都像他一样害羞、不擅交际。他喜欢在年级教室逗留，主动做些事情，例如，为老师窗台上的植物浇水，或重新安排、改进公告栏这类事。老师注意到他有一种责任感，那是一种比他年龄大得多的孩子才具备的责任感，甚至可以说，成人才有的责任感。他不会与老师进行任何沟通，哪怕是一次平常的交谈——他极少抬起眼帘看老师的脸——但他那么渴望对别人有用，那种渴望简直让人感动。

就这个年龄的孩子而言，他真是异常成熟。

聪明，但缺乏自信。容易紧张，思维却非常清晰。

可爱的男孩。但有什么伤了他……

他们想应该是失去母亲这事。男孩那么小的时候，母亲就“突然去世”。

卡什这个单身父亲，大多数时候都开着他的克莱斯勒接送孩子上学、放学。他说，他不信任校车。

也许等基甸再大点儿。也许那时候他可以和其他孩子一起乘校车。

卡什说，儿子的心灵很娇弱，他得保护好儿子，免其遭受那些坏孩子的欺负。

40 多岁的卡什非常友好，样子也很时髦。他将浓密的黑发松散地披在肩上，像电视剧中的卡斯特将军；有时候在脑后扎一个俏皮的马尾，这样他又像是电视剧里的毒贩。他身上散发着一种独特的气质，无法归类的气质。他那浅灰色的眼睛非常锐利，即使是在开玩笑，哈哈大笑时，眼中也是非常警惕的神色。他一年至少去学校和儿子的老师交流两次。他会穿上白色棉布衬衣或法兰绒格子衬衣，打着领带，裤子是洗熨过的牛仔裤或卡其布裤子，脚穿运动鞋。他对儿子表现出父亲应有的关心，说儿子是个很特别的孩子，是他现在唯一活着的后人。但是在听到老师表扬基甸后，卡什皱起了眉头，仿佛不太相信似的。

“基甸是个乖孩子。我一直教他要乖。我想我还不知道他有多么‘聪明’。他在家时把‘聪明’都掩藏起来了，但我知道他有多乖。”

他还说：“听到说基甸聪明，我还是非常高兴。谢谢你。”

虽然他住在基塔廷尼瀑布区南部的乡下，离特伦顿市约 70 英里，但有传闻说卡什是特伦顿教堂任命的牧师。在填孩子的入学表格时，家长职业那一项，他填的却是农场主和艺术家。

大家都知道卡什和儿子住在索米尔路的默娜老农场，那个农场 20 多年来从没人耕作。他总是温和地向人诉说，他们只种一点“庄稼”，刚刚够他们自己吃。另外，在那个有些年代的苹果园里也还能有些收成。

卡什说，他的主要收入来自出售他的“艺术品”。编织装饰结大都供应给特拉华河谷那边的商店。

看来，卡什目前的生活中还没有女人。

基甸的（女性）老师们都对卡什印象深刻。一个单身父亲，显然是个非常体贴的父亲；可以看得出他多么爱儿子，简直是呵护备至。比如，他在学校的开放参观日牵着孩子手的样子；再比如，他和基甸的老师说话时，手漫不经心地罩在孩子头上的样子。

直到在 4 月的家长和教师联谊会上，卡什才看到儿子的画。斯韦尔小姐告诉其他老师，基甸父亲当时的反应简直就是震惊。

“如此震撼人心的画面，卡什先生！你儿子非常有想象力。”

父亲久久地盯着画看：素描中关在屋里的人，一脸的阴影，大睁着眼睛，呆滞地凝视着洒满阳光的窗户；色调明快的水彩画中，孩子们在夜空无忧无虑地畅游。

“这些画是我儿子画的？”

“对于一个 11 岁的孩子来说，画中的技巧运用得太精湛了，即便是对任何年龄段的任何人来说。”

11 岁的基甸站在卡什身旁，拘谨，羞怯难当，目光下垂。他穿着牛仔裤和有些宽松的法兰绒格子衬衣，衬衣对他来说似乎大了一两码。孩子非常安静、拘谨地站着，这时，大人们在讨论他那些贴在教室墙上的画，父亲则抚摸着他的头发和纤细的脖颈。

“你可以看出基甸的‘艺术作品’和其他孩子是多么不同。在交叉影线里他确实用上了一种技法。真令人难以相信他只是个孩子。”

“是的，小姐，”卡什缓缓地说，“我儿子很有想象力。”

“他很有天赋，卡什先生。他应当得到鼓励。即使，有可能，他是从互联网上临摹了一些图画。”

“是，‘有样学样’。但小姐，我是不允许儿子上网的，也不允许他玩电子游戏。他只能在成人监管下看电视。”

斯韦尔小姐没把那幅光头怪物要咬掉微型娃娃头颅的画拿出来。那幅画，她藏在抽屉里。

此时，又有其他家长带孩子过来和斯韦尔小姐说话。卡什面带微笑，穿过人群朝教室门口的方向走去。儿子在他身边磨磨蹭蹭地跟着，卡什用手抓着儿子的脖颈。

“卡什先生？等一下……”

美术老师气喘吁吁地赶过来，问他们是否要在招待会之前离开。

卡什和善地说，他很抱歉他不得不离开。因为他还有工作要做，基甸也还有些家务事要做。

“也许，以后哪天，你愿意来我家共进晚餐吗？我住镇上，离这里只有几个街区。”

卡什故作深沉地笑了笑，冰冷的眼中没有丝毫笑意。

“哎呀，真是多谢了，斯韦尔小姐。你考虑得真周到。”

“卡什，请叫我‘布莱妮’。”

“‘布莱妮’。”

然而卡什几乎停也没停，依旧朝教室门口的方向走去，手搭在孩子脖颈上。

他们在车里默默无语，向索米尔路驶去。

孩子的手紧紧地抓着膝盖。孩子耳中轰鸣声声，让他简直无法思考。

现在就要出事了。你知道会出事的。

孩子知道“父亲”现在既愤怒又“平静”——“父亲”非常非常愤怒时的“平静”。

孩子手里有一把从仓库找到的厚毛刷，比普通画笔的毛要厚得多，可能是老农场以前用来做特别用途的，比如涂沥青。他把刷子浸入某种黑色的液体，是的，就是沥青，热气腾腾的沥青，然后用沥青涂车子前面的路，这样车就会陷入沥青里……

热气腾腾的沥青铺满了整个路面，那么厚，氧气根本无法渗进去。

使劲开车，使劲呼吸，“父亲”越来越虚弱，然后失去意识，然后车子驶离公路，飞快地向下朝特拉华河的方向冲去……

“儿子？”“父亲”的声音听上去近得吓人。

儿子喃喃地应着，嗯，爸爸。

“那些老师都说他们对你印象深刻。你爸爸为你自豪。”

儿子喃喃地应着，嗯，爸爸。

车窗外的一路风景都是熟悉的，然而奇怪的是这里的风景没有色彩。他们最终驶回到了索米尔路的农场。

热气腾腾的沥青消失了。可热气腾腾的沥青带走了所有色彩，就像传说中说的，月食之时，任何事物都没有颜色。

右边是特拉华河，一条泥灰色的阴暗河流，像肮脏的公路，透过树林隐隐可见。左边，是那座杂草丛生的废弃农场。

现在是早春时节，大多数树木还没有长出叶子，但已经开始发芽。他知道，这是一年中的特殊时节。“父亲”说他的生日在 4 月。

他 11 岁了，“父亲”说。“父亲”给他看过他的出生证书，镀着金边，盖着缅因州赫卡特县的章。

这张证书表明，他出生于 2002 年 4 月 11 日，母亲和父亲分别是塞娜・卡什和切斯特・卡什。

“父亲”似乎很为这份证书骄傲。他复印了好几份保存。

“你不记得你母亲了，基甸。她是个龌龊的母亲，朝婴儿的脸蛋上喷烟。”

他知道千万不要问母亲在哪里。因为“父亲”掌握所有的信息，愿意时就会抖出来。

“事实上，你母亲因为吸烟死于一种可怕的致命癌症。”

然而，“父亲”有时说到过基甸的母亲以前住在密歇根州北部。他在学校的地图册上查找密歇根州，看到了密歇根州上半岛——“特拉弗斯城”。

令人吃惊的是，“父亲”自己有时也吸烟。“父亲”在车子和屋子里的隐蔽位置偷偷放了几包香烟。在保险箱里，就是“父亲”

所提及的那个长木箱子，基甸有时候被关在里面受罚的那个箱子，基甸可以闻到两个房间以外“父亲”吸烟的烟味，即使箱子的盖子关着。

他有一种恐惧，就是保险箱的盖子再也不会打开。保险箱再也不会开。

但保险箱最后总还是打开了。是“父亲”开的。

“父亲”微笑着把儿子举到自己腿上。

那一刻，儿子多么爱“父亲”啊！再也没有如此强烈的爱了。

现在是日历上的特殊时节。4 月。

那天，基甸只穿了件薄夹克去上学，但一阵寒意像碎裂的混凝土般从阴沉的天空降下。

“父亲”将车驶离了滨河路，驶上索米尔路。那里离家不到两英里。

他很快就会想到，刚才这个举动多么危险。如果基甸抓住方向盘，倾尽全力将方向盘往右打，而“父亲”因为太吃惊没能将车开回公路上，车就会砰砰砰响着冲进河里……

车会下沉。因为水的压力，车门不可能打开。泥水会渗入车内，刚开始水会渗得很慢，然后会越来越快。这是一幅你在电视上看到过的情景，是一幅熟悉的场景。然而，没人会来救他们，因为这不是在拍戏。爸爸无法用力打开车门救出儿子，因为这不是在拍戏。

“父亲”染成黑色的头发会在水里浮起来，像一条条卷曲的蛇。“父亲”眼中的狂怒和嘴里的咒骂都会淹没在泥水中，然后是沉寂。

至于儿子怎样那就不清楚了。重要的只有“父亲”。

儿子没抓方向盘。儿子处在一种没有任何反应的麻痹状态中，一直蜷缩在“父亲”旁边的副驾位上，紧握着放在膝上的冰冷手指。

前面就是那座木头框架的两层农舍了，去年儿子还帮“父亲”给房子重新刷了漆，是极鲜亮的知更鸟蛋般的蓝色。

“儿子。我们到家了。”

第二章

新泽西州

基塔廷尼瀑布区

2012 年 4 月

米西是一只热情的小狗，是儿子去年过 10 岁生日时，“父亲”让儿子自己选的宠物。

给你一个惊喜，儿子。

因为你一直是个乖儿子。

爸爸非常非常爱你。

你知道恩赐是什么吗？——就是，获得的爱超出你应得的。上帝的恩赐。

在勒纳佩县动物收容所。他兴奋不已，因为要拥有一只小狗，他眼里充满了泪水。真傻，他竟然在颤抖。

“父亲”紧跟在他身后。“父亲”的手沉沉地、牢牢地搭在他肩上。

一间没有窗户的屋子里，到处是装满动物的笼子。大狗、小狗。屋子里一阵阵兴奋的犬吠声，一开始他都不知道看哪儿好。

一股动物小便的气味，一股动物焦虑的气息。

他觉得自己都快晕了。他觉得自己马上要跑出去，因为胃里一阵恶心；但那样的话，“父亲”会对他很生气。

然而，“父亲”领着儿子一直向前走。走过那些垒在一起的笼子，一个垒在另一个上面，也有三个笼子垒在一起的……

有个笼子装着一群可卡幼犬……

有个笼子装着一只大点儿的斑点狗，狗眼睛润湿的，尾巴耷拉，一动不动……

有个笼子装着一只像是猎犬的小狗，它站起来，低声吼叫，尾巴疯狂地摆动……

有个笼子装着好多小狗和一只瘦得皮包骨的母狗，那是只拉布拉多猎犬和比格犬的混血犬，它看上去已经没劲头了……

有个笼子装着一只德国牧羊犬，还很年轻，可它目光焦虑，尾巴缓慢地拍打着地面……

有个笼子装着一只褐色的长毛犬，它正当壮年，眼神警惕，耳朵竖起，尾巴猛烈地拍打着地面……

父亲和儿子走过这排笼子时，一阵狂吠、吼叫、哀号的喧嚣声充斥着他们的耳膜。

儿子观察到，这里的狗可分为两类。

一类是渴望被陌生人带回家的狗，它们渴望有人疼爱、保护，成为某个家庭的一员，所以它们会在一阵刺耳的叫声中站起来，尾巴摇摆、晃动——我！我！带我走！

另一类就是那些年龄大的狗，它们已经放弃争取。

一阵恐惧攫住了基甸的咽喉。因为，即便是那些趴在笼子里一动不动的老狗，它们也都在看他。

“父亲”在和动物收容所的管理员说话，询问关于狗的各种问题，它们的年龄、品种。“父亲”说，他和儿子在找一只已经调教好的狗，不会随地大小便，能够发挥狗的职能的可靠的看家狗，而不是一只懒惰没用的狗。

“父亲”说，他们想要的狗应该是该叫的时候才叫，比如有人闯入他们屋子时，否则它不会随便狂吠。

基甸知道他想要的狗。他几乎是在看到它的一刹那就知道，就是它。

这是一只褐色的长毛犬，是金毛寻回犬和边境牧羊犬的杂交品种。当“父亲”和基甸停在笼子前时，它已经用前爪支撑身子立起来，热切地贴着笼子围栏。

狗眼睛里流露出渴望和向往。

带我走！带我跟你走！

我已经爱上你了！我愿为你去死。

“父亲”坚持把所有的成年狗都看一看，再加以考虑。基甸等待着，大气不敢出，等着看“父亲”会不会让他自己选，如其承诺过的那样。

父亲和儿子。卡什和他那读小学五年级的 10 岁儿子基甸。动物收容所的管理员会注意到两人是多么亲近，父亲看上去多么呵护儿子，抚摸他，或把手搭在他肩上。

终于，“父亲”狡黠地眨眨眼，对基甸说：你想要这只，嗯？但她是只母狗。

基甸还不知道那个概念。雌性。

管理员说道，是的，但是米西已经做过绝育手术，而且，该种的疫苗都已经种了。她原来的主人放弃她，只是因为他病了，他得搬去和亲戚住……这真是一只非常可爱、有感情、温和的狗，她渴望有个家。

基甸迫不及待地说，是的，这就是他想要的狗。

“父亲”用手指伸向笼子。那只褐色的狗立即用舌头舔“父亲”的手指，那么渴望，那么感激。她的尾巴狂热地摇摆着。

“父亲”说，她叫什么名字？

管理员答道，米西。

“父亲”在车道上停车时，米西就热切地想跑过来迎接他们，尾巴一甩一甩的。

拴她的皮带发出刺耳的摩擦声。“父亲”和基甸离开房子时，总是用这根皮带“保护”米西。

米西知道不要叫，因为“父亲”多次训练过她。

“狗”——“父亲”这么叫她。

基甸叫她“米西”。基甸好爱好爱好爱米西。

米西完全由基甸负责。基甸一天给她喂两次食物，保持她的塑料食盆清洁。他用一把专用的狗毛刷为她刷毛皮，那褐色的毛皮温暖、美丽，可容易缠结起来。基甸满怀热情地阻止她在不该叫的时候叫。

除非有人走上煤渣车道，或未经邀请来到房子前门。那时，“父亲”愿意“狗”大声叫。

而且“父亲”赞成“狗”拿耗子，还有追赶浣熊、土拨鼠和兔子这些小动物，因为它们会跑到屋后围栏围起的菜园里。“父亲”和基甸夏天在那里种西红柿、西瓜、甜玉米和胡椒。

基甸知道：用皮带拴在狗脖子上不好，因为狗的脖子很快会痛，会瘀肿出血。但基甸非常清楚，不能说“父亲”什么，不能以任何方式批评或质疑他。

质疑就是反抗。儿子脸上的一个表情，一个眯眼的动作，都会被视为反抗。所以儿子学会了喜怒哀乐不形于色，总是眼帘下垂。

有时候，“父亲”会不悦，然后愤怒。比如，儿子若是显得偏爱奶酪和西红柿比萨，而非他们通常吃的奶酪、西红柿和辣味香肠比萨；或更喜欢没加融化奶酪的巨无霸汉堡；或选择某个与“父亲”喜欢的电视节目相冲突的节目。

反抗（也许）是个玩笑。因为“父亲”常常开玩笑。

然而，“父亲”的笑话都是严肃的。作为一个孩子，儿子弄明白了，爸爸微笑着开玩笑时，往往是他最严肃的时候。你无法预知“父亲”的真正意图。

每个晚上都是不可预知的：“父亲”是否允许“狗”睡在基甸的房间里。

无法预知：“父亲”会不会带儿子一起到他自己的房间睡。

（但近来，自从基甸10岁生日以来，“父亲”不再像从前那样经常带基甸到他的卧室了。或者，有时候，“父亲”带基甸到他床上，喝了几听啤酒后，就睡着了，打着鼾，将他那毛茸茸的沉重大腿甩在儿子赤裸的身体上。“父亲”也没像以前那样，经常觉得有必要惩罚一下儿子，将他锁到“保险箱”里。）

等到“父亲”在车道上停好车，基甸由于担惊受怕，车门都差点打不开了，几乎是半爬半滚地下了车。

他在心中怒斥：为什么！你为什么这么做。

他对斯韦尔小姐感到愤怒。

也不该怪到斯韦尔小姐身上，因为都是他自己的错，但基甸就是怪她。

他跑向米西，跪下来；米西用柔软、湿润、凉凉的舌头舔他的脸。

他把脸埋在米西脖子里，紧紧抱住米西。

兴奋的感觉含有恐惧之意，恐惧又混合着兴奋，这种在学校就开始的感觉越来越强烈。基甸几乎无法呼吸。

“父亲”站在几码之外，若有所思。为了去学校参加联谊会，他穿上了新熨烫的卡其布裤子和白色长袖棉布衬衣，还系上了“礼品篮”店的老板娘送给他的圆点提花领带。他和儿子的老师们、其他几位像他一样关心孩子的爸爸握了手。但现在他在家里，他不屑地把领带解下来，塞进口袋里。

“你，基甸。你和‘狗’。你们俩要为某件事负责。”

儿子没听到这句话。他耳中嗡嗡作响，只听到米西急促的呼吸声和心脏的跳动声。

“父亲”大步迈进屋子。基甸解开了米西脖子上的皮带，因为他们现在都在家，米西不会跑开。

基甸听到一声微弱却很清晰的声响：冰箱门打开又关上的声音。

（这是个好迹象吗？或者——不太好的迹象？）

（一听啤酒，“父亲”心情舒畅。几听啤酒，“父亲”在做某个决定。）

基甸唤米西过来，在后阳台给她喂食。米西亲热地拱拱他的手，然后开始吃狗粮。

“父亲”仍然没有出现。

会没事的，儿子想。

他蹲在米西身旁，抚摸着她浓密的长毛和光滑的脑袋。

没事。会没事的。不会怪米西的。

基甸想，爱这只自己选来的狗，太危险。在动物收容所，眼睛盯哪只狗都是冒险。“父亲”的儿子受着一个诅咒，这诅咒会波及任何与儿子走得太近的人或物身上。

此时，“父亲”突然出现在后阳台上。

“父亲”肩上背着那支点 22 口径步枪。

“站一边去，儿子。”

“父亲”皱着眉头，举起步枪，指向米西的食盆。米西从食盆里抬眼一瞥，耳朵竖了起来。

“爸爸，不要！”儿子嗓子里发出撕裂般的喊声，他绝望地跪在狗前面。

“别挡路，儿子。我数到三。”

儿子呜咽着，紧紧搂住米西的脖子。狗很烦躁，打翻了食盆。她的尾巴狂暴地抖动，开始对“父亲”狂吠。

“你知道，‘父亲’是禁止狗乱叫的。”

“父亲”围着男孩和狗转圈，用步枪瞄准。“父亲”的脸涨红了，目露凶光。

相反，“父亲”找到了极大的乐子。要挡在“父亲”和他的狂喜之间，你想都别想。

枪开火了，但射偏了。米西跳开，基甸失去平衡，倒在地上。

“爸爸，不要！不要！”

惊慌的狗似乎不知道是要逃生，还是要保护她的小主人。她大声吠叫，基甸以前从没听她这样叫过。“父亲”将步枪瞄准她胸脯时，她叫得更凶了。基甸手脚并用地朝“父亲”爬过去，抱住他的腿，拖得他身体失去平衡。

“父亲”骂道：“该死的黑鬼。”

又是一声枪响，子弹凌厉地呼啸而过。

“快跑，米西！跑！跑开！”基甸叫喊着，冲狗使劲拍手。此时，重新站直身子的“父亲”拿枪托砸向基甸的头，将他打倒在地。他失去了知觉。

他在尘土里醒过来时，已是傍晚时分。

他的头阵阵作疼。血从头上的一个伤口流下来，浸湿了干燥的泥土。

一开始，他不记得发生过什么事，不知道自己在哪儿。

然后他记起来了。他惊慌地手脚并用，爬行，寻找米西——但她不在视线范围内的任何地方。

可他看到了尘土里的血点子。零零星星的鲜红色血点一直延伸向仓库，消失在仓库破旧的门下面。

他哀伤、虚弱地呼唤："米西！"

第三章

新泽西州

基塔廷尼瀑布区

2012 年 4 月

骑自行车到镇上。

一个周六的早上，“父亲”开车将编织装饰结产品送到特拉华河谷的“零售商”那儿去。

因为，只要儿子不和陌生人交流，“父亲”并没有禁止他骑自行车去几英里远的地方。

在“父亲”的词汇中，所有人，甚至包括儿子的六年级同学，都是陌生人。

儿子没有计划。基甸（或许）有个计划。

儿子生活在现在时。儿子是现在做什么。

基甸生活在过去时。基甸是过去做什么。

只不过，基甸比儿子聪明。基甸比儿子成熟，所以，只要他想他就可以生活在现在时和将来时。

儿子在“保险箱”里窒息而亡。儿子没有幸免于难。

儿子存活下来。但是像个虫子一样，他存活得渺小、扭曲、乏味。

儿子不是基甸。

儿子对“父亲”说，是的，爸爸。我爱你爸爸。

基甸对“父亲”说，是的，爸爸。但有他自己的（反抗的）想法。

儿子哭泣着看到米西躺在仓库地面上，一动也不动。

儿子呼唤她，看到她尾巴一抖一抖的——一下，两下……

儿子无助地哭泣。基甸擦干眼泪和脸上脏兮兮的血迹，然后爬进仓库把米西抱出来。

两颗子弹射入米西的胸部。那曾经满是白色绒毛的美丽皮毛现在被血玷污了。

“父亲”狂躁地下达命令：埋掉它。

它！基甸永远不会承认，米西是她，即使米西死了。

在他（反抗的）思想中，基甸爱米西胜过爱“父亲”，即使米西不再呼吸，不再活着。

啊！但是很难相信——很难理解……米西不再活着了。

她再也不会躺在她的小床上，他用旧毛巾和毯子为她做的床，就在他的床脚。她再也不会躺在基甸的床上，把她热乎乎的脑袋隔着毯子紧靠他的腿，在那些“父亲”不用儿子的夜晚。

当他摸到米西时，他认为她也许还活着。可他错了。

他奇怪地喘气，像人跑步时喘不过气来那样。他感到血从他脸上流下来。他努力把米西抱起来，但她的身子那么沉，那么不配合。

“该死的黑鬼。你会明白的。”

“父亲”这时候很厌恶基甸。“父亲”砸了基甸的脑袋，砸得他失去知觉。后来，他看到男孩哭泣着从仓库爬出来，拖着那只没有生命的狗，就大步走向基甸，当胸狠狠踢了男孩一脚。

“拖走它！拖走它，他妈的，埋了它，让它从我视线里消失。”

儿子服从了。儿子从来没有过不服从的时候。

基甸用手拼命为米西挖坟坑。

在外面，菜园后面，他挖着坟坑。这样米西就能看到苹果园，看到那个很快就会开花，在新绿的叶片之间出现一片美丽的玫瑰红、粉红和大红云霞的果园。

米西喜欢出门嬉戏。在苹果园里、在干草棚后面的田里，和基甸追闹嬉戏。追逐那些逃窜的小动物：老鼠，或像老鼠一样的小动物？在那个旧干草棚里。

基甸埋了米西，在坟前放了一小块石头纪念她。随后，他就被“父亲”拖进屋子，关到“保险箱”里，继续接受惩罚。现在，“保险箱”对他来说很是逼仄，他 11 岁了，而且比同龄孩子还高。

“我恨不得把箱子抛进河里，看看它能漂多远。只有‘父亲’的仁慈能救你。”

基甸，身上到处是瘀青和伤痕。

基甸，在这个 2012 年的春天，现在他的头发需要重新染色；可“父亲”心烦意乱，根本没时间给他染，所以就用剪刀三下五除二地把他的头发剪短，然后用剃刀胡乱地给他剃了下头。这样男孩的头发就只留下些短茬，怪怪的样子。

在学校，大家都盯着他看。怪物基甸！

然而，同学们都对他提防起来。他不再是那个羞涩腼腆、眼帘下垂的基甸，近几周来，他眼帘抬起来了，目光逼人。

现在已是月底，离那次家长和教师联谊会差不多有3周时间了。

上体育课，基甸不肯换上运动服，说爸爸告诉过他不准赤身裸体。

同学们听到这话都大吃一惊。裸体？裸体是什么意思？男孩们从来都没有赤着身子过，他们总是穿着衣服。

公立学校不再要求学生上完体育课后洗澡。没人赤身裸体。

基甸说，爸爸说过，如果有谁看了他的裸体，就要把那人告上法庭，打一场大官司。

所以，基甸不必换衣服上体育课。他获许在图书馆度过体育课时间，图书馆是他喜欢的地方。

没人见过基甸身体上衣服掩盖着的瘀青和伤痕。至于他头部侧面的瘀青和伤口，他小心地解释说——像"父亲"教他的那样——是在索米尔路上骑车摔倒的结果，骑车时摔到坑里了。

他的班主任很关心，说他脸上的伤口应当让医生看看，可能要缝针。对此，基甸不回答，因为他似乎没听到。

"父亲"威胁过儿子，如果老师对他过于好奇，就让他退学。"父亲"曾经在家教过他，当然还可以再教他。

因为卡什在底特律市韦恩县社区大学学过几门课程。

他在特拉弗斯城年轻人培训中心学过几门课程，老师们都赞扬他。

运气真他娘的差，我从没得到过奖学金上哈佛、耶鲁这样牛气冲天的大学。那些傻瓜从来没给过我机会。

周六早上“父亲”开车去送编织装饰结产品：色彩鲜艳的挂饰、皮带、钱包、挎包、植物吊篮、坐垫，送到他的零售商那里。

零售商们都是些女人，她们经营的礼品店遍布各地，包括新泽西州的兰伯特维尔、河对岸宾夕法尼亚州纽霍普市的旅游小镇、华盛顿渡口、中央大桥和乌鸦岩等地。

编织装饰结产品的商标上标注着“新泽西州基塔廷尼瀑布区卡什工作室制”。

女人们都热烈地赞扬卡什。女人们似乎都是卡什最亲密的朋友。

真是好东西，卡什！太棒了！

我们的顾客不想要“单调的原件”，他们想要这些带有编织装饰的工艺品。

也许还可以多来些小钱包？我们可以把零售价卖到 50 美元。

还有植物吊篮。现在是旺季。

基甸一直制作编织装饰结，自从……好长时间了！他都不记得是怎么开始的。当然“父亲”给他提供材料，还指导他。每周“父亲”都从零售商那儿拿到订单。

现在，对基甸而言，编织装饰结是很容易的活。像做大多数家务事时，编织装饰结也是他一心两用的机会，他可以一边干活，一边想自己的事。

敏捷、灵巧、熟练的双手，一双孩子的手。但在成长中。

因为基甸在成长。

像那些安静的时光，“父亲”没守着他，或者没一直给他念关于生命、死亡、善良、邪恶、上帝、撒旦和命运这些东西的时候，他可以任自己的思想遨游至任何想去的地方。

比如，努力记起编织装饰结开始的时候——和那之前发生的事。

那时他有另外一个爸爸。有吗？和一个常常抱他的妈妈，但不会像“父亲”那样抱他……

她紧紧地牵着他的手。他们在一个宽广的像是停车场的地方走着。也许，她在责备他。“父亲”说他的亲生父母把他卖到收养中心，而他，“父亲”，“拯救”了他。“拯救”他，就像一个人从动物收容所拯救一只坐以待毙的动物。

如果你救了这只动物，这只动物就不再坐以待毙了。

“父亲”说，你的命是“父亲”给的。你的每次呼吸都是“父亲”给的。

基甸还记得一件事。骑车沿索米尔路去滨河路的时候，他突然记起来了。

像一块没有消化的食物，涌到嘴里。一种让人哽住的恶心味道。

几年前的一天晚上，那时儿子还小，“父亲”和儿子正在看电视。

儿子只吃半个巨无霸汉堡、几根炸薯条和糖拌卷心菜，喝几口“父亲”瓶子里的可乐。儿子被搂在“父亲”的臂弯里，像电视摔跤节目里，一个摔跤选手被另外一个更强健的摔跤选手搂住。只不过这是搂抱时刻。然后，有两个电视节目主持人谈论一个4年前在中西部被绑架的男孩，这男孩15岁时被警方在离他家仅60英里的地方找到，送回家，而绑匪被捕了。讨论的主题是为什么男孩不离开那个绑匪，因为他似乎有很多机会：那个绑匪经常带他出现在公共场合，邻居们经常看到他，认为他是绑匪的儿子，因为两人似乎相处得不错，至少在公共场合是如此；而这个脱口秀主持人（“父亲”曾说过这是他喜欢的主持人）轻蔑地说，在我看来，小孩似乎有多次机会可以跑掉。在我看来，他似乎喜欢新生活甚于他原来的家——不用上学，到处晃荡，溜冰，吃比萨……孩子离家出走，就被称为“受害者”，我对这种事表示怀疑。

“父亲”兴奋地大笑，因为“父亲”崇拜这个说话尖酸的脱口秀主持人，好几次给这人发邮件去称赞他。“父亲”有个愿望：某一天，有线电视频道的脱口秀节目会采访他，而他会对美国大众说出他的“真实故事”。

我看这孩子似乎和那个“绑匪”处得非常好。事情并非如大家认为的那样，也不是那些所谓的“自由媒体”报道的那么简单。我就是这样的观点，媒体照登也无所谓。

儿子吃了大量油腻而且糖分高的食物后，很快在“父亲”的臂弯里睡着了。

骑车两英里半路程到镇上。

他背着背包。

在基塔廷尼瀑布区的郊外，有第一卫理公会教堂，有时候，卡什和儿子会参加周日早上或周三晚上的仪式。那里还有基塔廷尼瀑布区志愿消防队，每年 7 月 4 日的美国独立纪念日，还有劳动节时，车道上会摆起桌子卖食物，那些食物是消防员的妻子们准备的。那时，卡什和儿子会去参观。这样就可以混在消防员中间，和他们握手、攀谈，卡什就是这么做的，然后买一两砂锅菜、几大块烤面包、饼干和蛋糕。（许多小孩在消防队对外开放的房子里玩，还有许多像“父亲”一样的年轻父母，他可以用他特有的坦率、友善的态度和他们交谈。）还有很多房子：都是宽大的木质结构的维多利亚建筑，漂亮而比较华丽的房子，几十年前就建在特拉华河岸上，为河下游的兰伯特维尔市的工厂主们建的。一次突降大雪之后，卡什去那儿铲雪，一个志愿铲雪工和他身边的小儿子；因为这些房子可能是某个老年人单独拥有，或者是有女人单独住在里边。（所以卡什决定了。一周在一个新地方，通过这种他称为一手观测的方式，卡什知道了大量邻里的情形。）

为陌生人屋前的走道和车道铲雪，真是件古怪的事。不过卡什做事从来不会循规蹈矩，否则那就不是卡什了！他解释说，哪里需要“帮助”他就会出现在哪里，而不会等别人来叫他。如果屋主已经安排了专业人员来清除车道和走道上的积雪——那也并不要紧。

卡什说，铲雪是很好的锻炼。铲雪时的感觉像唱歌一样好——那些时候，你会感到上帝存在于自己身体中，无处不在。

你感觉很好。因为，帮助邻居总是好事。

几乎每户人家都邀请了卡什和他的儿子基甸。真有老年人住在这些老式维多利亚房子里，其中还有两个寡妇独自住在一所为大家族建的房子里。他们为卡什的友善和热心感动，坚持要送食物给他和这个安静的小男孩。

孩子，你叫什么名字？

"基甸"，这名字真好。

基甸，你多大了？

卡什说，养育儿子是个有挑战性的活儿，尤其是独自养育。

有人和卡什说，有可以帮到他的女人。

他知道。他理解。可他心中对男孩母亲的记忆太强了，他还没准备好留意另外一个女人，只能把她们当朋友。

男孩也还没准备好接受继母，他仍没走出丧母之痛。

在镇上，基甸骑车经过云杉街的西勒纳佩小学。骑到教堂街的十字路口，然后右拐，攀上木场后边的小山。斯韦尔小姐的家在教堂街，他知道：门牌号是 67 号。

斯韦尔小姐家的深砖红色屋子后面有条小巷。基甸进了巷子，但这儿不太好骑车，因为地面泥泞而且凹凸不平。

他把自行车留下来，藏在一堆废墟后面。

时近中午。有小孩在围栏围起来的院子里玩耍，但没人在巷子里。

大多数房子都有车库，就在屋子后面，紧邻巷子。都是些旧车库，因为房子都是旧房子。有些车库的窗户破了，有些窗户掉了。有些后门没有上锁或者从来没锁过，只要你想，你就可以推开其中一扇门，迅速走进去，不会被人看到。

基塔廷尼瀑布区是个小社区，据2005年的最新一次人口普查，这里有645人。在这样的社区，人们不锁车库门，出门甚至常常不锁房门。

一个养育孩子的好地方，美好而神圣。城市毁了——上帝离开了我们的城市。

他在巷子里查找哪所房子是斯韦尔小姐家，哪间车库是斯韦尔小姐家的车库。

他听说，斯韦尔小姐和她母亲，还有另外一个亲人住在一起，也许是她姐妹或是祖母之类的亲人。基甸像“父亲”一样，有一种获取信息却让人看不出来他在获取信息的办法。

他背包里装着一个盛有60盎司煤油的容器，盖子拧得紧紧的。还有一根12英寸的导火索和一盒火柴。

斯韦尔小姐屋后的车库里只有一辆车——斯韦尔小姐的白色福特金牛座汽车，车挡泥板上有擦伤和刮痕。车库大部分的空间用于储物，车小心地开进来停在固定的位置，车身两边都只有几英寸空隙。

车库里有垃圾桶、园艺工具、几辆自行车和一辆三轮车，还有硬纸盒和柳条筐子，甚至有一个已经朽烂的编织装饰结花架。窗户上的灰尘厚厚的，然而阳光还是透过一扇窗户照射进来，形成一道透明的彩虹悬在半空。她说，卡什先生，你儿子非常有天赋！即使他——也许——从互联网上临摹了一些图画。

他娴熟地做着一切，好像这是他惯常做的事：小心地把煤油洒在车库的每个角落，一直洒到福特车下面他能够得着的地方，然后将还留有少量煤油的容器靠在一个装满聚苯乙烯泡沫塑料的纸盒上，接上那根12英寸长的导火索，最后，用力划了一下火柴点燃。

真有想象力！卡什先生，你应当自豪。

在骑车回家的半路上，他听到基塔廷尼瀑布区的火灾自动报警器在远处哀号，像一只患病而且疑心重重的动物发出的哀号声。

第四章

新泽西州特伦顿市

永恒希望教堂

2012 年 5 月

难道我们不该说，我们是按照上帝的形象创造出来的吗？

难道我们不该说——不敢说——我们是按照上帝的爱的形象创造出来的吗？

这个周六早上，“父亲”带他到特伦顿市的永恒希望教堂。“父亲”并不常常带儿子去看陌生人中的卡什牧师。

这群基督徒大多是来做礼拜的黑人。只有极少数“白人”——不太年轻的单身妇女——以及混杂在这些女人中的传教士的儿子。他的皮肤是古怪苍白的灰泥颜色，在辨别力强的眼睛看来，还是有色肤种。

儿子惊愕得呆住了。儿子听见身为他爸爸的传教士的声音如此平静、如此抚慰人心，调整得如此巧妙。儿子真难相信：这人是我父亲！

西尔克牧师邀请卡什牧师到他的教堂做一场客座布道。

基甸觉得紧张，想吐。基甸听得到自己的胃在不满地隆隆作响。那天黎明，在遥远的基塔廷尼瀑布区索米尔路上的农场，他匆匆吃下的早餐冷麦片现在在胃里翻腾。“父亲”开车在狭窄、盘旋的滨河路上行驶。滨河路在 29 号公路以南，他们一路没停。“父亲”说，儿子，在永恒希望教堂，你会感受到宁静。

传教士抬起了手。传教士的眼中散发着溢满喜悦的光彩。

要知道，我们虽然肤色迥异，可却是彼此相爱的一家人。

基甸坐在前排的靠背长椅边上，一动不动。他震惊不已——“父亲”是怎样摇身一变成为传教士的，那简直就是另外一个人。

好像“父亲”本身就是两个人。

一个“父亲”保护他。

一个“父亲”惩罚他。

看得出，卡什牧师很温和。他还是一个高贵的人：他身穿黑色外套、黑色长裤和白得发亮的衬衫，可马甲是猩红色的金丝绒。他的黑色胡须根根竖起，夹杂银丝的头发披散在肩上。他显得比“父亲”高，因为他脊梁挺直，肩膀端正。

我带给你们，我主上帝的喜悦。

我主因你们而喜悦，我主心爱的孩子们因了我主的满足而喜悦。

在这美好而神圣的永恒希望教堂里。

基甸不愿意一直凝视传教士。他被告知要安静地坐着，所以他低头安静地坐着，但还是透过眼睫毛留意在基督徒中走动的传教士。

“父亲”和儿子说过，这些都是饥渴的灵魂。

所有人的灵魂深处都是饥渴的——只是有些人知道，有些人不知道。

传教士向基督徒饥渴的灵魂热情洋溢地讲了30多分钟。没有谁的视线可以离开他——所有人都被迷住了。

大多数是女人——上了年纪的黑皮肤女人——身着盛装，头戴硕大的花帽子。基甸估计她们的平均年龄是50岁。虽然也有几个小孩——和祖母一起来的孙子孙女？

他没有祖父，也没有祖母。“父亲”说，儿子，我是你的家人。我是位于你和河流之间的一切。

这念头冒出来，基甸感到不安。胃里不适的感觉还没消散。

在特伦顿市，经常能听到警报声。在去位于州街的教堂的路上，他们看到两辆长鸣警笛的特种车疾驰而过，一辆是巡逻警车，一辆是救护车。

在基塔廷尼瀑布区，关于斯韦尔小姐家车库的“纵火事件”，有多种说法。当地警方和县警都调查了这起事件，但还没找到嫌犯。另外，更近的一些日子，基塔廷尼瀑布区发生了另外两起纵火事件。

这三起事件都发生在距离西勒纳佩小学一英里的范围内。

“父亲”读着地方周报的这些纵火新闻，说，儿子，这事你知道些什么吗？在我看来，这像是孩子们做的事。或者是——一个孩子做的。

“父亲”大笑着说，这让我想起我还是个孩子时在底特律做过的事。放火烧了一些活该的邻居。

听着这些话，基甸的心收紧了。但“父亲”说这些话时并没有特别的意思。（他有吗？）

儿子很难相信，“父亲”看不透他的想法。

很久以前，当时他作为“父亲”“收养的”儿子，刚来和“父亲”一起住时，“父亲”当然有力量看透他的想法。

任何反抗的想法，“父亲”都能洞悉。儿子明白这点！

基甸对这种恐惧感冷笑。现在他 11 岁了，没人能看透他的想法。

他又想起几年前，在特伦顿市的格林德尔公园，“父亲”带穿短裤和 T 恤的他到游乐场，允许他荡秋千、滑滑梯，“父亲”自己却回到停在路边的车上。过了一段时间，也许有一小时那么久，也许只有 15 分钟那么短，基甸开始不自在，因为他意识到有人在看他；一个男人，陌生人；那人站在离游乐场有点儿距离的地方，然后闲逛过来，在游乐场里兜圈，手里拿着个像是相机的东西，也可能是个摄像机；而基甸感到一阵越来越激动的狂喜，心里默念：他将带我走，他是为我而来。

游乐场里还有其他孩子，其他荡秋千的孩子，但是他们都和自己的母亲在一起。基甸是唯一一个看上去独自在那儿的孩子。

过了一会儿，基甸不荡秋千了。他很累，但还是非常兴奋。路边，“父亲”的车还在。人们无法透过有色车窗看到车里边，即使有人离车很近，甚至站在车旁边。而且，看到车停在路边，人们会认为车里没人。

基甸从秋千上下来，朝喷泉方向走去。拿摄像机的男人注意到了，过了一会儿开始跟过来。

他会带我回家，回我真正的家。

他是警察，便衣警察。

和“父亲”看电视时，基甸知道了“便衣”警察。他知道有“从事秘密调查”的警察。

然而，这个带摄像机的男人看起来不像警察，因为他有点胖，脸色潮红，而且显得很紧张。

他从侧面走近基甸，他的脸似乎朝着另一个方向，但他的脚在朝喷泉旁的基甸走去。

他的嗓音嘶哑而缓慢：你好，小男孩！

基甸赶紧看向另一边。“父亲”警告过他，千万不能和陌生人说话，除非“父亲”在身边，而且只有“父亲”允许时他才能说。

你好，小男孩。你妈妈在哪里？

你妈妈没在——这儿？

你一个人在这儿？

你叫什么名字？

现在，站在基甸身边的男人面带微笑看着他，呼吸急促。男人比“父亲”年纪大，黑色塑料框架眼镜在鼻梁上有点往下滑，嘴唇湿润。

你妈妈把你留在这儿，她自己去别的地方了？你知道，这样可不好。最好有人照顾你，嗯？男人牵起基甸的手。基甸使劲想把手抽出来，但这人把他的手抓得更紧。

这时“父亲”出现了。

“父亲”疾步冲过来，齐肩的长发散开，眉头紧锁，一脸的严厉和愤怒。脸色潮红的男人看到了他，松开基甸的手，然后紧张地转身离开，却绊了一下。“父亲”赶上去，抓住他的肩，摇晃他，厉声呵斥他。基甸盯着他们看，却什么也听不到，耳中只有阵阵轰鸣。

脸色潮红的男人试图走开，但“父亲”推搡他，用手掌击打他。“父亲”比脸色潮红的男人高大。那男人现在非常害怕，一脸歉意。

几分钟后，“父亲”和脸色潮红的男人开始对话，但已经平静多了。即使游乐场里的母亲们注意到了这两人，她们也不会多看一眼。

现在是傍晚，大多数孩子都被父母带回家了。

基甸在离他们远点儿的地方徘徊，忐忑不安。他害怕“父亲”会迁怒于他。

最终，“父亲”放开了那男人，那人从口袋里掏出钱包，匆匆把钞票拿出来递给“父亲”；“父亲”则轻蔑地皱眉收下钞票，然后塞到自己口袋里。

脸色潮红的男人跌跌撞撞地匆匆走开了。“父亲”转向基甸，那一刻“父亲”满面春风，显得很高兴。

儿子！干得好。没和那变态鬼说一句话——我看到了。

我为我儿子感到自豪。

儿子感到一阵放松，然后沉浸在巨大的喜悦中。

现在，永恒希望教堂里有一种喜悦感。

因为这是一件令人惊奇的事，白皮肤的传教士卡什称自己是西尔克牧师的弟兄——两个牧师亲热地称呼彼此为弟兄。

还有，让人惊奇的是，白皮肤的传教士卡什那么温和，又那么坚定而无畏地说：

有些人会说，我所说的信息在我们美国历史上过时了。有些人会说，恐怖主义时代不是爱的时代，而是战争、愤怒和复仇的时代。但是我对你们说，如果没有永恒的宽恕、永恒的希望和永恒的爱，就不可能有正义的复仇。

西尔克牧师微笑着站在一边的布道坛旁。

西尔克牧师是卡什牧师的同志和朋友，会和卡什牧师分享布道仪式之后的捐款。西尔克牧师是个黑皮肤的英俊男人，人过中年，长着马丁·路德·金牧师那样的相貌，黑发剪得短而齐整，上唇的稀疏髭须也很整洁。他也穿着引人注目的黑色外衣、裤子、白衬衣和镶金边织锦缎马甲。

唱诗班唱道：“回到我主的庇护之下吧。”

唱诗班唱得响亮而雄壮，基督徒们也跟着唱起来。

一种欢欣的气氛在教堂里升起、高涨。那是多么美好的感情，让人想哭，想大声叫喊；让人想扑倒在地，这样救世主会将你纳入他怀中，升上天堂，而你生命中的所有烦恼都将被抛在身后。

卡什牧师抬起手进行最后一轮祝福。

第五章

新泽西州特伦顿市

新泽西汽车站

2012 年 5 月

儿子，出去。

出去?

儿子，出去。照我说的做。

这是特伦顿市区的一条热闹街道——斯隆大街。基甸吃了一惊，他原以为“父亲”会开车回基塔廷尼瀑布区。

西尔克牧师邀请“父亲”与他和家人共进礼拜餐，“父亲”婉言谢绝了。“父亲”说他最好马上回家，因为他和儿子都有事要做。

可是，就在离永恒希望教堂几个街区的地方，“父亲”将车开进了新泽西汽车站入口。

基甸困惑。基甸害怕。但基甸知道不能迟疑，要服从“父亲”。

他僵麻的手指摸索着车门把手。“父亲”不耐烦地嘟囔着弯下身子越过他，打开车门。

儿子，出去。到车站里边待着。

“父亲”仍旧穿着卡什牧师布道时穿的衣服，这样，他的举止便显出一种庄严和坚定的样子。他的头发很是引人注目，如张开的翅膀般披散在肩上，散发着发油味。他探身去开车门时，腮上硬硬的胡须蹭到了基甸的脸。

基甸问“父亲”想让他在汽车站里做什么，因为基甸不愿意认为“父亲”要抛弃他。

儿子，就在里边待一会。坐在一排椅子上，就像你在等车。

但是，爸爸，你会回来找我吗？

基甸的声音是可怜兮兮的儿子声音。

在永恒希望教堂，布道仪式结束后，最后一批基督徒离开时，西尔克牧师和卡什牧师聊了一会儿。基甸听到西尔克牧师向卡什牧师问到了他，他听到的回答是：我 11 岁的儿子，他现在和我住在一起。

他又听到西尔克牧师问道：“申命记”，是个名字吗？

基甸只知道“申命记”是《圣经》中一卷的名字，其他的就不清楚了。

然后，卡什牧师用低低的嗓音平静地对西尔克牧师说了几句。基甸所能偷听到的只有，“申命记”回密歇根州北部去和他那“不信上帝”的妈妈一起住了。

现在，基甸抓住了车门把手，害怕离开“父亲”，因为也许这就是发生在“申命记”身上的事。“父亲”就是要这样惩罚他：在一个陌生城市强迫他下车，然后自己开车走掉。

“父亲”，你会回来的，是吗？

因为一身牧师服，当儿子这样恳求他时，“父亲”不像平常那样易怒。事实上，“父亲”心里泛起一阵柔情。看到男孩这么伤心欲绝的样子，他觉得儿子毫无疑问是属于他的。

儿子，进车站就好。如果看到警察，就把视线转向别处。如果有陌生人接近你，不要和他说话。

但是，“父亲”，你会回来找我吗？基甸的声音可怜巴巴的。

他笑了起来，但不无善意。他用祝福的方式吻了吻儿子前额。

耶稣说过，“哦，有点信心，你为什么要担心呢？”

最终，在新泽西汽车站入口处，“父亲”把基甸推下车，然后绝尘而去。

男孩两腿哆嗦着走进了车站。

他耳中嗡嗡作响，像是疯狂的蝉鸣。

里面这么多人！大多数是黑人。

他想，“父亲”不会抛弃我的。“父亲”爱我。

有个警察，还挺年轻，边拿对讲机说话，边穿过车站。基甸坐在一条长椅上，挨着一个正在为孩子手忙脚乱的妇女。警察的目光若是掠过基甸，不会觉得他碍眼，目光都不会在他身上停留片刻。

扩音器不停地播放汽车出发的信息。基甸看着一队队乘客穿过闸口，上了汽车。他想，“父亲”是最爱我的。

儿子坚信这一点。基甸也相信，但没有这么肯定。

基甸知道：还有其他男孩在基塔廷尼瀑布区“父亲”的房子里生活过。

或者，无论如何，“父亲”的生活中曾经有过其他男孩，因为基甸穿过他们留下的衣服和鞋子，对他来说太大的衣服和鞋子。

然而“父亲”不喜欢这一点：基甸的成长。

基甸身材瘦削、修长，是六年级男生里较高的一个。

他的脸还是小男孩的相貌。一般人会认为他不超过 10 岁。

但他的大脑不是孩子的大脑。晚上，基甸感觉得到脑子里有种种想法在碰撞，像什么东西在震动。

儿子睡着了。基甸躺着睡不着。

儿子丝毫不怀疑，“父亲”会回车站找他。

基甸也不怀疑。然而，基甸担心。

他紧盯着墙上一只丑陋的大钟，目光定格在跳动的指针上。

汽车站里总有人走动。到处都有白人乘客。而且到处都有与他年龄相仿、皮肤苍白的男孩，但没有谁是独自一人的。

虽然汽车站有些大男孩、青少年，可这些男孩大都是穿低腰牛仔裤和连帽衫的黑人男孩。

时间分分秒秒地过去。没有人接近基甸，没有人和基甸说话。

他想起了格林德尔公园的游乐场，就不那么焦虑了，那一次“父亲”也离弃过他；因为他觉得，两次的情形是相似的。

等待陌生人走向他。在新泽西汽车站，等待有个男人，被孤零零的男孩吸引过来。

基甸一身“像样”的行头——只稍大一点的法兰绒格子衬衫，

黑色长裤，运动鞋。

壁橱里的运动鞋都没沾泥点子，“父亲”告诉他，他的脚会长得适合穿这些鞋的。

除了基甸，还有那个母亲，她和她的孩子们在一起。其中一个小女孩手捂着脸透过指缝偷看基甸。

他笑了，也捂着脸透过指缝偷看她。

这位母亲是个皮肤白皙的西班牙女人，丰厚的唇上抹了口红。她问基甸要去哪儿，基甸说特拉华峡谷，她说从没听说过那地方。她问他是不是自己一个人去，基甸说是的。

她在等下午 1 点 20 分去卡姆登市的车。基甸说，他等下午 1 点半的车。

基甸意识到自己在和陌生人讲话时已经太迟，这是“父亲”禁止的。他感到一阵突如其来的恐慌，便从座位上起身，迅速走向汽车站更远的一边，依旧在一条长椅上坐下来，在一根柱子和一群背背包的年轻人后面，这样，那个一脸迷惑的西班牙女人就看不到他了。

他想，自己犯了一个错误。如果“父亲”就在某处观察他的话，“父亲”该暴怒了。

可这儿，在基甸旁边，也坐着一个白人妇女，这妇女也带着几个闹腾的孩子。但在这儿，他不会背叛“父亲”有意和别人说话。

他想起，有一次他是多么害怕，当时“父亲”似乎要抛弃他。那时他还很小。

6 岁时，那年的 7 月 4 日，“父亲”带他去宾夕法尼亚州一个叫尼克·帕利亚诺的男人家里吃烧烤，与特拉华州一河之隔，滨河路的另一端。“父亲”那么友好，人们总是邀请他去喝几杯或串串门；“父亲”婉拒了大多数邀请。但这次是和帕利亚诺一家人聚会。尼克·帕利亚诺是个建筑承包商，在乌鸦岩有间办公室。爸爸对尼克印象深刻，他是在纽霍普市那位女性朋友的“礼品篮”店里遇到尼克的。

和其他人、其他小孩一起烧烤，自从做“父亲”的养子并和他一起生活以来，基甸还是第一次参加这种活动。

帕利亚诺一家人住在河上岬角的一座错层式住宅里，非常惹人注目，基甸只在图片和电视中见过这样的房子。“父亲”将车开上这座宅子的车道时，吹起了口哨。

他冷笑着对基甸说：儿子，他们是土豪。不像我们美国人，我们都是拼命工作，挣的每一分钱都是正当的。

这座错层式住宅砖混结构，有着宽大的玻璃墙，在一片常绿树木后面，背对着弯弯曲曲的滨河路。“父亲”一到，帕利亚诺一家人就热情地上前迎接，引领客人来到红杉木铺就的亲水平台上，用烧烤牛肉饼招待他们，让他们感到很受欢迎。“父亲”似乎变温和了。嘿！我是卡什。我和儿子就住在河对面。

真是令人惊奇！卡什在烧烤聚会上是多么开心啊，他和对面走来的每个人握手，爱抚那只叫“神奇约翰逊”的小猎犬，赞美帕利亚诺太太的紫藤花园。

基甸爱抚着神奇约翰逊，在他耳边轻语。

嘿！我是基甸，我和爸爸住在河对面。

他们没有进屋，因为烧烤聚会是在室外的亲水平台上举行的，平台中央是一个长方形的泳池。

基甸很害羞，没和其他孩子玩。“父亲”没给他带泳裤，这样正好，因为基甸不敢游泳，不敢缩在泳池浅水端和那些陌生的孩子们一起尖声叫嚷，泼水嬉戏。

有刹那间，他会想起蒙特梭利学校学前班的小朋友们，想起他们的老师那么和蔼，只是再也记不起她的名字。

他想起妈妈的手紧紧握住他的手，但还是放开了。

那是个坏妈妈。“父亲”和他说过。

他们不想要你了。他们把你卖了，让别人来收养你，就像拍卖物品。但现在和“父亲”在一起，你是安全的。

“父亲”在烧烤聚会上没待多久，因为“父亲”在这类聚会上常常感到不安。但是“父亲”像通常那样，和所有人都握了手，似乎结交了新朋友。他介绍说自己是个单亲爸爸、艺术家，部分时间务农，也是我们这个让人迷惘的时代里的一个精神朝圣者。

他也做木工活，他告诉尼克。也许有一天他可以为尼克做些什么，做橱柜是他的专长。

“父亲”和基甸离开了，开车从特拉华峡谷大桥回新泽西州。“父亲”轻蔑地耸耸肩，又说了一次，儿子，他们是暴发户，和我们诚实的美国人不同。

所以，几周后，“父亲”带基甸再次来到帕利亚诺家时，基甸惊讶不已。

“父亲”不知怎么就知道帕利亚诺一家人都外出了。屋前的柏油车道上散落了一地的传单和广告页。

“父亲”毫不迟疑地将车朝房子开去。“父亲”将车停在马蹄形车道上，走过去按前门门铃，但没人应答。

“父亲”戴着手套，拿一只帆布袋。

“父亲”说，儿子！我们要玩个游戏。

“父亲”牵着儿子的手，把他领到屋后，来到亲水平台上。

亲水平台连接着房子，房子在这边开了一扇门。这扇门的底部有一个小小的狗门，是供那只肥胖的小猎犬进出的。神奇约翰逊只要用头顶一下，狗门就可以打开。

在上次烧烤聚会上，基甸没有注意到大门底部还安装了一个小门！虽然他一直抚摸神奇约翰逊，跟他到处逛。神奇约翰逊那时一直没有从狗门进出过。

但“父亲”注意到了。

儿子，没有什么是“父亲”注意不到的。你要记住这一点。

游戏这样进行：“父亲”推着基甸从狗门爬进屋子里，然后基甸在屋里转动门把手打开大门。基甸爬过狗门不算难，因为基甸瘦削得很，而神奇约翰逊是只硕大肥胖的狗。一个6岁孩子要转动门把手将门打开也并不难，而且这么做可以取悦他爸爸。

“父亲”认为屋门只是从里边反锁了。事实果真如此。

“父亲”认为如果这座住宅安装了防盗系统，从里边将门打开不会触响防盗铃。事实果真如此。

然而，基甸从里面把门打开后，“父亲”进屋时还是很谨慎。“父亲”直接去查看防盗铃，防盗铃由安装在厨房外墙上的一个白色方形塑料物件控制。“父亲”在厨房找到了一个嵌入式电箱，在里面发现了一些插座和插头，他把插头都拔下来。

现在“父亲”在房子里轻快地走动，吹口哨，大笑。“父亲”的心情多么好啊！

“父亲”把笔记本电脑、银烛台、银器一一装进袋子，直到袋子重得他都快搬不动为止。“父亲”迅速穿过各个房间，走得那么快，似乎忘记了身后的基甸。当“父亲”冲上楼梯时，可怜的6岁孩子根本跟不上他。

但基甸知道，“父亲”不喜欢儿子哭哭啼啼。

因为儿子哭，“父亲”还特别惩罚过儿子。

儿子如木乃伊般被锁进了“保险箱”。在里面时间久了，他忍不住像婴儿一样尿了裤子；这让他自己觉得羞耻，还让“父亲”觉得厌恶。

所以现在在二楼，虽然视线里看不到“父亲”，儿子也只能绝望地低声呼叫：爸爸！爸爸！

他在走廊上一路小跑，绊倒了，一头栽倒在地毯上。

但他马上又爬了起来，赶在“父亲”看到这幅情景，责骂他之前。

直到“父亲”终于想起了他，开始大声叫他。

认为我丢下你了？儿子，永远不会。

“父亲”永远不会抛弃你。

在楼上一间大得基甸不扭头根本无法看全的卧室里，正对着河的是一整面玻璃墙。“父亲”猛地拉开一张大书桌的抽屉，然后把里边的东西哗啦啦地倒在地毯上。

在一个女用真丝晚装手袋里，他发现了现金。“父亲”飞快地数了一遍钞票，然后又数了两遍，像个银行出纳员。

1500美元！混蛋。

“父亲”又在其他地方发现了珠宝和几条男士真丝领带，他挑选了一些，塞进一个女用大手提包，然后递给基甸，让儿子送回车里。

“父亲”最后走进卧室的豪华大浴室。基甸从没见过这么大的浴室。

“父亲”坚持要基甸使用洗手间，因为开车回家有一长段路，而他中途不打算停车。

“父亲”常常注视基甸尿尿。“父亲”观察那股羞怯的淡黄色液体滋滋落在马桶里，似乎奇怪地感动了。“父亲”总是那样让人难以预料。

你真是个完美的男孩，儿子。只要你永远不再长高一英寸！

“父亲”站在基甸旁边，自己也尿到马桶里。但基甸闭眼不看。“父亲”没有冲马桶。

不仅如此，“父亲”又塞住了那个浅粉色大理石浴缸的排水孔，巨大的浴缸两端是整面墙的镜子。然后，“父亲”打开水龙头，这样，水就噼噼啪啪地飞溅下来，不过还没从浴缸溢出。

基甸吮吸着手指，看着这一切。

因为这是在做坏事，他记得有人和他说过。

很久以前就有人和他说过，千万千万不要这样开着水龙头，因为水会漫出来。

看到基甸一脸的担忧，“父亲”笑了。

“父亲”笑呵呵地领着基甸出了屋子来到亲水平台上，然后再折转回到停在车道上的车里。基甸和爸爸一起把后车厢装满。

回去的路上，“父亲”心情很好，又是吹口哨又是哈哈大笑。在峡谷大桥上，他侧身去亲吻儿子前额，这吓了儿子一跳，却也让他大感放心，因为“父亲”似乎确实是爱他的，像他从第一晚以来所说的那样。

祝福你，孩子，你是我的。

儿子。

他突然醒了过来。真害臊，他打瞌睡了。

有时候，在他因为“父亲”的生气而担忧、困惑、焦虑时，他会奇怪地昏昏欲睡，眼睛睁不开，头也抬不起来。

在新泽西汽车站人群的嘈杂声中，在大喇叭广播汽车进出站的声浪中，基甸还是不由自主地打起瞌睡来。

嘿！儿子。跟我走。马上。

“父亲”皱着眉，庞大的身影赫然闪现在基甸面前。他身穿黑色传教士服，整个人显得高贵尊严，猩红色的天鹅绒马甲，又增加了一种惊艳的效果。你可以看到陌生人，特别是女人都在注视他。

基甸认为，“父亲”一直在车站某个地方观察他，就像在格林德尔公园他坐在秋千上那次。但现在，没有人来接近他，像那个拿着摄像机，脸色潮红的男人曾经接近他那样。（也许？）这就是“父亲”对他失望的原因。

我现在没什么特别。没有陌生人在意我了。

基甸还没站起来，“父亲”就抓住他的手臂，猛地把他拽起来，拽得那么用劲，他的手臂都好像要从肩关节给拉脱了。

“父亲”拉着基甸快步穿过车站候车大厅，走出入口，往停在半个街区外的克莱斯勒走去。他们差点儿和别人撞上，甚至引起了新泽西汽车站两个安检员的注意，但“父亲”不管不顾，因为他在为什么事情生气，身上奔涌着义愤填膺之感，那气势仿佛上帝打出了一道霹雳。

这次，不像他在乌鸦岩承包商的房子那回，那时，他还是个6岁的小男孩，这次，“父亲”没有俯身过来亲吻儿子前额；“父亲”也没有用搂抱他时温和的口吻说，祝福你，孩子，你是我的。

第六章

新泽西州

基塔廷尼瀑布区

2012 年 5 月

哦，儿子！我们来看看，你整个早上都在做什么。

“父亲”提起那个鲜艳的橘红色编织装饰结手提袋，审视着上面的缝线。

儿子一动不动地站在那儿，因为他从来就不清楚“父亲”是会表扬他的手艺，还是会来一段严苛的评论。

儿子无法预料。

基甸不相信自己的预料。

但“父亲”在微笑。好东西，儿子！

然后“父亲”用手指关节抚过基甸的刺猬头，力度刚好让他头皮感到点痛，但那是种柔和的痛感。

“父亲”神秘地说，知道不，儿子？也许是时候扩大我们的工作室了。

那天晚些时候，基甸和“父亲”坐在餐桌前吃晚餐，电视里正在播放汽车赛事。“父亲”似乎刚好想起来似的，说道：也许你愿意要个小弟弟做伴，嗯？“父亲”的房子像“父亲”的心，有很多房间。

第七章

新泽西州

基塔廷尼瀑布区

2012 年 5 月

小弟弟。

给你做伴。

可是还有：千万不要相信陌生人。“父亲”警告过他。

基甸在学校里悄悄交了些朋友。他常常用手指挨个数他们的名字：亚历克斯、西蒙、弗兰基、珍妮。

有时候他又把他们的名字倒过来数：珍妮、弗兰基、西蒙、亚历克斯。

在西勒纳佩小学六年级的年级教室，这些孩子像基甸一样害羞、安静。除了珍妮之外，他们都没有基甸聪明。

午餐或课间休息时间，基甸会和这些朋友们待在一起。如果他和珍妮一起吃午餐，两人常常不怎么说话，但彼此都因为对方的陪伴而感到惬意。

珍妮脸蛋小小的，长有雀斑，浅棕红色的头发像男孩似的剪得短短的。她笑的时候，会露出歪歪斜斜的牙齿，那样子令人发笑，但并不粗野。

珍妮说，妈妈让我问你愿不愿意来参加我的生日派对。

基甸说，他愿意的。

但是“父亲”不赞成。“父亲”“调查过”珍妮的家人，不喜欢她身为勒纳佩县警察局警员的父亲德韦恩·法利。

“父亲”也不满意亚历克斯的家人，因为他母亲是县里的社工。这种人一定充满好奇心，爱打听别人的事。

如果有谁询问你爸爸的事，儿子，叫他们来问我。明白吗?

好的。基甸明白。

亚历克斯也是基甸的好朋友。虽然两个男孩在一起几乎不怎么说话，只是午餐或课间休息时待在一起。亚历克斯是个特别安静的男孩，他在阅读方面有困难——他告诉基甸他是“阅读困难症患者”，他脑子线路有问题——所以基甸帮助他完成阅读作业和算术作业。让基甸吃惊的是，亚历克斯会把简单的单词拼错成那样，会把数字写得颠三倒四，却似乎根本没注意到这些错误。

亚历克斯说，也许我本来就是个颠三倒四的怪人。但是他没有笑。

基甸说，每个人都是怪人，如果你了解他们的话。

你不是，基甸。我希望我是你。

这话发自肺腑，令人感动。基甸看向一边。

但你不可能是我。“父亲”只有一个儿子。

但也许，亚历克斯可以成为儿子的弟弟？也许“父亲”说新弟弟的事时是认真的。

基甸认为这不可能。新弟弟的年龄不会超过 11 岁，基甸似乎知道。

亚历克斯的运动神经协调性能差，常会突然抽搐，神经紧张，所以有时候，并没有明显的原因，他就打翻餐盘，或失去平衡，在楼梯上摔跤。

但是，课间休息时，亚历克斯会被一些同学哄骗或强迫去坑坑洼洼的操场上参加危险的游戏。

西勒纳佩中学和西勒纳佩小学只有一个停车场之隔。常常会有些年龄大的男孩，最大的有 14 岁，读九年级，溜到小学那边去折腾年龄小的孩子。小学生和中学生一起乘校车，直到基甸年龄大些时，“父亲”才让他去乘校车。

但是，“父亲”现在不常开车送基甸去上学，放学后也不怎么开车去接他了；“父亲”要基甸自己骑车去上学，说是为了节省汽油。

中学的大男孩很可恶，爱作弄人。他们说话夹杂着模仿成年人腔调的脏话，笑声中带着嘲弄，令人不安。基甸不知道他们为什么不喜欢他——除非被激怒，他可从没对他们说过一句话。

也可能，他们不喜欢比较安静的小孩。亚历克斯那样的男孩和珍妮那样的女孩不会因为他们讲的笑话发笑，而是一脸害怕地跑开，离他们远远的。

有一次，基甸看到亚历克斯被大男孩们叫去玩躲避球游戏。

他其实很想叫亚历克斯从球场上下来，但最终还是和其他孩子一起站在场边观看。

游戏激烈地进行着。男孩们把球朝别人脸部和腹部扔去。并且，这个游戏似乎有一条秘而不宣的规则——像亚历克斯那样弱小的男孩，特别会被当作攻击目标，他们总是要到被球重重击中，才会慢慢反应过来。

一个九年级男生，叫莱尔，家住在索米尔路，离“父亲”的农场不远，他从约 5 英尺远的地方把球直接扔到亚历克斯脸上。亚历克斯向后退缩，身子失去平衡倒下。他把脸埋在手中，吓得呆呆的，鼻血流了出来。其他游戏者见状打着呼哨，哈哈大笑，然后继续沿球场扔球，不再管他。

基甸和珍妮去把亚历克斯扶起来。他下巴沾满了血，血滴到了衬衣上。他哭了，嘴唇痉挛地颤抖。基甸和珍妮送亚历克斯去校医务室。

问他，是谁弄伤了他，亚历克斯却闷闷地坐着，默不作声。

问他，谁让他去玩这么危险的游戏，亚历克斯仍闷闷地坐着，默不作声。

大家知道，如果你“招供”出了某个人，你就会真正成为众矢之的。所以基甸没有告诉护士，也没告诉校方那些中学男生的名字。

他微笑着想，耶稣说，我带来的不是和平而是利剑。

麦金太尔的家是一座改造过的旧农舍，屋顶上盖着芥末黄的聚乙烯板，莱尔·麦金太尔和他弟弟博比就住在那儿。莱尔上九年级，博比上七年级。两人都爱欺负人，似乎都特别不喜欢基甸。

看什么看，丑八怪？

你他妈的是谁，丑八怪？

还有皮特，他也读九年级，长得很壮实，住在基塔廷尼村的一所平房里，紧邻木材场。

基甸从没公然打量过这些男生或他们的朋友，但在暗地里调查他们。

自从西勒纳佩小学附近发生“纵火”事件后，基塔廷尼瀑布区再没发生火灾或骚乱。街坊四邻很多人都受到问询，包括几个初中生和高中生，但是没抓到嫌疑犯。

基甸微笑着想，一群蠢驴！

他说话声音低低的方式，是模仿“父亲”来的，还有鼻孔张大的样子，就像“父亲”义愤填膺的时候。

现在气候宜人，“父亲”不再那么警惕地监视基甸了，允许他骑自行车上下学。放学后，基甸常常沿着基塔廷尼瀑布区的街道骑车，观察一些同学、老师住的房子，想象他们在里面如何生活。他有一股强烈的冲动，想把车骑上某家人的私家车道，从后窗窥视，甚至是莽撞地闯进某家人的屋子……

嘿！你们知道我是什么人吗？

自从在三个车库放火之后（其中两个是陌生人的车库），基甸对烧车库就没兴趣了；他更着迷于一项“壮举”，像爆炸事件之类的——比如，将一枚炸弹安装在消防队，或镇上的一座教堂，或布罗德街上的一间大店铺里。他从互联网上下载了简易自制炸弹的秘方……仅仅是想到一次真正的爆炸事件，炸毁一整栋建筑物，他就激动不已。（他没让“父亲”知道。“父亲”会多么震惊、多么愤怒啊，如果知道儿子在他不在家时，悄悄使用电脑。）

嘿！只是要让你们知道我在这里。

可是，基甸不想伤害谁。（是吗？）

（在学校，斯韦尔小姐不再像过去那样春风满面，笑容可掬。珍妮告诉基甸，老师在担心有人会烧了她的房子。）

（珍妮说她为斯韦尔小姐感到难过。基甸说是的，他也为斯韦尔小姐感到难过。）

他不再去自修室画画。斯韦尔小姐问过他为什么，他耸耸肩说，爸爸觉得他不应该把时间浪费在这种没用的事情上。

“没用的事情！哦，基甸。我确信你父亲不会这么说的……”

斯韦尔小姐看上去的样子，仿佛迎面挨了一拳似的。基甸心中难受极了，愧疚，怨恨，愤怒，他尽可能礼貌地从她身边悄悄走开。

常常，基甸骑着骑着就不由自主地来到了基塔廷尼瀑布区的边界，那儿，河边，有一个用围墙围起来的旧厂。老师和他们说过，这个鞋厂在相当长一段时间内雇用过好几百号工人，制造男鞋和女鞋。

高高的厂房虽然砖瓦已经剥落不少，但墙上仍可看出一行标语——普雷斯顿鞋“低调的奢华”。两个鬼魅般的人像从墙里冒出来：一个戴着浅顶软呢帽的男子，一个有着浓密拳曲金发的女子，每人手里举着一只鞋，让观者欣赏。虽然旧鞋厂早已废弃，但它一楼的有些部分已经在修复。如果新泽西州能提供与私人捐赠款项相称的基金的话，这里会成为基塔廷尼瀑布区艺术中心。

修复工作前年就已开始，但又暂时停工了。基甸透过窗玻璃窥探室内，旧地板已被换上了新瓷砖；但是墙面还没完工，需要粉刷。

大家都说，基塔廷尼瀑布区艺术中心会是一个美丽的地方。艺术中心会在特拉华河上延伸出一个亲水平台。

一间房用于展览艺术品。一间房用于举办民族音乐会。一间房用于教手艺——针织、编织、陶艺和装饰编结艺术。

卡什和这些计划有点关系。基甸是这么想的。有志愿者在地方委员会服务，宣传和帮助筹措资金，而卡什是志愿者之一。

在基塔廷尼瀑布区和特拉华河谷的任何地方，大家都知道“卡什”是个严肃的艺术家。他的装饰结产品尤其受人青睐，据说，那些产品为他和儿子的生活带来了一笔稳定的收入，即便不是太多。

来自卡什工作室。

儿子很自豪自己能这样给爸爸帮把手。编织装饰结不是件容易的活儿，可能会弄伤手指，使眼睛酸疼，而且现在天气这么好，要待在屋里太久也很令人厌烦；但是儿子并不怨恨为“父亲”工作，因为“父亲”和他解释过，“父亲”提供了做装饰结的原产品，指导和教会儿子，并且最终将产品卖给零售商。

基甸开始怨恨装饰结！开始对装饰结感到恶心。

该死的装饰结！等着看“父亲”是表扬还是责备。

以前，有米西陪伴他。他们可以在室外工作，只要他们还待在房子后面就行。（因为“父亲”不想有陌生人出现在房子周围，发现他儿子才是编织装饰结的艺术家，而不是卡什自己。）但现在米西没了，远远地埋葬在菜园那边。当基甸有几分钟时间玩耍时，没有谁和他玩了；基甸放学回来时，没有谁兴奋地冲他吠叫，也没有谁朝他摇尾巴。

有时候，基甸放学回来时，甚至连“父亲”都不在家。他开车出去了。去了哪儿呢？

他在寻找一个新儿子。为你找个弟弟。

第八章

新泽西州

基塔廷尼瀑布区

2012 年 5 月

“父亲”说过，儿子，你自己吃晚饭，自己上床睡觉，你醒来时，“父亲”就回来了。

儿子说，好的，爸爸。

基甸说，悄无声息地说，去死吧，爸爸。你是魔鬼爸爸，你不爱我。

策划爆炸真是件让人兴奋的事儿。准备炸弹。

基甸知道，许多孩子在制造这种炸弹时炸断了手，炸破了脸。互联网上到处都是这些吓人的故事，但是也有按计划成功引爆的例子。

会让你意想不到地激动，兴奋不已。互联网上有个匿名网友说。

从现在开始，你平凡的小生命会变得卑劣可耻。肯定会那样。

这个 24 盎司容量的可乐瓶是他在垃圾填埋场找到的。照“父亲”那样做，他知道要戴手套。他们一起看过电视——《美国警察》《犯罪现场调查》《法医档案》。你一定是非常非常愚蠢才会光着手去触摸什么，甚至去摸一个可能会爆炸的瓶子。

基甸长大了，他看到了一些以前儿子从未注意过的事，其中一件就是，“父亲”几乎在任何地方都戴手套。

“父亲”还有“医药用品”，都锁在他卧室壁橱一个上了锁的箱子里。不过有一次基甸看到过他开箱子，从里面拿出几袋药片，而且还看到里面有一卷一卷的绳索、手铐、成卷的纱布……基甸一直在找那个箱子的钥匙，但至今还没找到。

他骑车时计划着爆炸事件，上学时也神不守舍。自从去过特伦顿市的永恒希望教堂，听了卡什牧师的布道，和在新泽西汽车站等候那次事件之后，过去的这几个星期，他对上学和取得好成绩不再那么感兴趣了。他不再那么想做个好学生。

上课时傻笑，耸肩。他的老师奥尔森小姐像斯韦尔小姐一样对他感到惊讶和痛心。

这是人们的一个弱点，尤其是女人，如此容易伤心。基甸现在知道“父亲”轻蔑地说“女人”这个词时，意味着什么。

“父亲”为了什么事和达琳争执，也许是她干涉了“父亲”房子里她不该干涉的事情，也许是“父亲”请她出去时，她激怒了“父亲”。他们争吵时提高的嗓门让基甸吃惊，在他沉寂的生活中极少有这样的吵闹声。

现在基甸长大些了，不再那么需要达琳来清洁房屋。基甸做饭、洗碗、拖厨房地板；换床上用品，用一台摇晃的旧洗衣机洗衣服；打扫卫生，还用吸尘器清洁地毯；把垃圾拿出去倒在旧干草棚后面。做得好，儿子！“父亲”慷慨地表扬他。

儿子愉快地笑了。享受“父亲”的表扬，仿佛躺在冰凉的石块上沐浴阳光般惬意。

基甸听到表扬就烦，怨恨“父亲”显然在利用他。

他认为我是个愚钝的小孩，认为我像其他人那样白痴。

近来，基甸渐渐意识到他有很长时间没见到达琳了。“父亲”再没雇过她来做卫生，也没提起她。

他问“父亲”达琳在哪儿，“父亲”耸耸肩说，有兴趣的话，你自己去问那个贱货好了。

贱货。这是句下流话，他听中学生说过。麦金太尔兄弟俩曾嘲笑基甸是个干瘦的贱货，基甸直到现在才明白这话的意思。

贱货——女性。和她们有关的某种哼哼唧唧和令人厌恶的东西，虽然你不可避免地为着什么需要她们。

这贱货放开了我的手。

这贱货喷烟到我脸上。

这贱货把我卖掉，任我被人“收养”。

“父亲”出去时，他才用吸尘器清洁屋子，因为“父亲”讨厌吸尘器发出的噪音。

还有，“父亲”卧室的壁橱里有个“保险箱”，平放在那里。那是个小棺材，有两个开着的盖子：小些的盖子在上面，大些的在下面。

箱子用光滑的木头做成，组合得非常精巧。箱子底部甚至有更多空间，可以让待在里边的孩子把小脚搁好。

“父亲”说，这是他自己做的。因为“父亲”是个熟练的木匠。

里面铺着软垫，但已经是污渍斑斑。

当然，“保险箱”现在对基甸来说太小了。这“保险箱”还从未给他用过。

他记得：一个小男孩曾被迫进入这个木制箱子，然后被锁在里面。他记得：那个愚蠢的小男孩哭喊着，不停地哭啊哭啊，只能让箱子里的状况更糟。箱子顶盖关上，锁起来时，你简直无法呼吸。

还有更糟的。他尿在自己身上。

那就是惩罚：弄脏自己。

至于要被困在箱子里多久，从来没人知道。

基甸想知道，那个愚蠢、可怜的小男孩后来怎样了。

他一直和那个乳臭未干的小毛孩隔着段距离。他一直得到“父亲”的善待。

塞在嘴里的布团被拿出来时，小男孩尖叫起来。

他没见过这一幕。这种时刻他从来都不在现场，而是在房子的别处。

现在，基甸关上壁橱的门。“保险箱”和他没关系。

基甸继续用吸尘器做清洁。做这活儿有种乐趣。吸尘器发出的噪音里，有欢笑声。基甸在笑。基甸嘴里唠叨个不停，大笑着。基甸心烦意乱，颤抖不已。因为突然尿急，基甸的膀胱疼起来。几乎是刀刺一样的疼痛，那么着急。基甸匆忙去洗手间时，他的脚被该死的吸尘器软管给缠住了，差点绊倒。

他小心翼翼地准备炸弹！他在急切的期盼中骑车来到镇上，心想这真是场冒险——他背包里的那瓶炸药，可他喜欢冒险的感觉。

“父亲”渴望冒险。“父亲”说，就是冒险让他活力无穷。

这是5月一个阳光明媚的温暖下午。今天不用上学，因为老师们都要去参加一个州教师会议。基甸去不去上学，或许根本就无关紧要，因为“父亲”已经不再参加家长和教师联谊会，不再询问他的成绩，不管考试分数高低；而且，如果基甸逃学，“父亲”还教他自己给老师写请假条，甚至教他签上“切斯特·卡什”的名字。

基甸的班主任说，基甸，你常常缺课。是你父亲带你去看医生吗？

基甸含含糊糊地说，是的，当然是。

家里没出问题吧，基甸？

没。

也许，他应该炸学校？西勒纳佩小学？

或者——中学？麦金太尔兄弟上学的地方。

但他的目标是鞋厂。河边的普雷斯顿制鞋厂。

有太多人可能看到他在学校游荡，两所学校都在住宅区附近。

在基塔廷尼瀑布区，基甸避开主街，骑车去小镇边缘，到河边的普雷斯顿制鞋厂。

那鬼魅般的女士和幽灵般的绅士！特别是那女人，金色鬈发上戴的帽子和茫然若失的眼神，高高举着一只愚蠢的鞋子的模样，尤其令他厌烦。

但现在有点意外：一些十多岁的男孩在河边的巨石上攀爬。他们把自行车丢在鞋厂的停车场里，那儿杂草丛生，铺满沙砾。

基甸拿不准如何继续下一步的行动。他不认识这些男孩，他们也还没看到他。如果他小心翼翼地一直待在鞋厂的另一端，没人会看到他。

他想，也许，他们会死。

他身上涌过一股期盼的兴奋战栗。砖筑的鞋厂会爆炸，砖块会雨点般落在下面河岸的男孩们身上。他们会被困住，无法逃生，爆炸会在分秒间发生。

现在他推着自行车在沙砾铺就的停车场里走着。他突然想到，在如此颠簸的地面上骑车，有可能会引爆瓶中的炸药。

他没有选择，只能继续走向鞋厂的另一端。鞋厂新修复的部分在前端，这可有点让他失望：他想炸掉鞋厂修复的那部分，而非老旧、腐朽的那部分。但到那时候，如果炸弹威力足够大的话，会炸毁整个建筑。

他这么想。也许。

他真的不知道。也许炸弹甚至都不会爆炸！

但是，走这条路会比较快捷：如果你从墙缝里挤过去的话，很容易就能到达鞋厂后面。鞋厂前门紧锁着，这样他只能把炸弹放在室外，而不是像在后面那样放到室内。他手脚并用地爬过去，心脏怦怦跳得厉害。不远处，河岸边男孩们的叫喊声和欢笑声清晰地传过来。

他双手颤抖着把瓶子从背包中拿出来。

这瓶炸弹很轻，轻得简直就不可能像炸弹。

氢氧化钠散发着浓烈的气味，熏得他眼中流出泪水。只需剥掉锡纸，塞住瓶子。他想的是，如果瓶内热度上升得足够高，就会发生一次“化学反应”。如果基甸把瓶子放在阳光下就会有这样的效果。

基甸蹑手蹑脚地走过旧鞋厂的废墟，来到靠河的一扇开着的窗户旁。这里，只残留了一些玻璃碎片，四周都是蜘蛛网、灰尘和污垢。下面的男孩们，聒噪着，那样可憎。基甸看到他们拿着钓鱼竿。他不认识这些男孩，他们也许是高中生。在灿烂的阳光下，基甸把瓶子放到窗台上。

他忘了戴手套！他原本打算戴手套的，但忘记了，也许并不要紧，因为瓶子会粉碎。没人会怀疑到他。

当地报纸上的说法是，人们认为纵火案的“嫌疑犯”是个成年男性，高加索人，曾经在基塔廷尼瀑布区受雇，但后来工作没了就搬走了。有个目击者声称，在火灾发生的第三个车库附近见到过他，皮特凯恩街上；他开一辆绿色的小卡车。然而，这个“嫌疑犯”还没被警方抓到。

基甸的牙齿还在咯咯打战。他很冷，在发抖。

他想，它现在会爆炸，会炸毁我的手、我的脸。

他想，“父亲”不再爱我了。

瓶子直直地竖在那儿，但也许放在靠边一点的位置会更好，基甸想，因为那样的话，会有更多阳光照到瓶身上。

他把瓶子靠边挪了挪。但现在，瓶子又可能有滚下窗台的危险……

他找到了一截砖块，用它把瓶子固定在边上。他呼吸急促，如同被催眠了似的，看阳光如一束激光般聚拢在炸药瓶上。

他想知道需要多长时间，瓶内的温度才会上升到足以引爆炸药。

真希望有个人和他一起谋划这事！他需要一个朋友，像“父亲”那样的朋友。

儿子，我始终惦记着你，正如你始终惦记着我。

他开始撤离。炸药瓶看起来那么小。

他有些失望，该死的炸弹那么小。

他撞到了一台机器，绊了一下，差点摔倒。

但他很快站直身子，因为他是个身手敏捷的 11 岁少年，不像儿子那样笨拙。

旧鞋厂内部是一片废墟。不久前这里还遭特拉华河水淹过，然后就荒废了。这是修复工作开始之前的事。基甸想，如果，如果他死在这个地方，不会有人发现他的。

“父亲”会找到另一个儿子。“父亲”不会怀念他多久。

他蹲下，等待着。大约 20 英尺远的地方，窗台上的炸药瓶闪耀着，发着微光，折射着阳光。

鞋厂里温度有多高呢？也许高达 80 华氏度？在阳光下——90 华氏度？

会发生“化学反应”。基甸想知道“化学反应”的确切意思是什么。

外边，河岸上，男孩们的声音越发大起来。

他把车骑出来，向索米尔路进发，因为他已经放弃等待了。

现在时近傍晚，很快便是暮霭沉沉。

他焦虑，烦躁，失望，皮肤痒痒的，一副醉醺醺的样子。

他在该死的鞋厂等了多久？也许有一个小时。他看男孩们钓鱼。他希望自己是他们中的一员。这事对他来说，似乎非常容易，也许他生来就是他们中的一员。

然后，他骑车到附近街上等待爆炸。

该死的炸弹！该死的互联网，根本不能相信。

最后他放弃了。因为他不想引起别人的注意，一个男孩漫无目的地骑车，又不是在他自己的居住区。

回家的一路上，他都在期盼听到远处一声爆炸和警笛齐鸣，像他放火烧车库时，曾那么激动地听到的声音一样。

但什么也没发生。

该死的炸弹是枚哑弹。

回到家时，他什么也没看到。那个之前总是摇着尾巴、眼里闪着爱意的米西没有了；“父亲”也没有了，因为他开车出去了。他说，儿子，你自己吃晚饭，自己上床睡觉，你醒来时，“父亲”就回来了。

他查看了“父亲”的壁橱：“保险箱”不在了。

第九章

新泽西州

基塔廷尼瀑布区

2012 年 5 月

“父亲”问，儿子，喜欢去挖财宝吗？

这是“父亲”的一个游戏，儿子想，所以他伶俐地回答：

喜欢，爸爸。

基甸不那么确定。基甸发现“父亲”看上去皮肤灼热，焦躁不安。他脸上在流汗，他的眼睛虹膜黑影上边显露出眼白。另外，他的手在发抖，因为紧张或者兴奋。

前一天夜里，“父亲”很晚才回到家，基甸都已经上床睡了，他没像往常那样走进基甸的房间。“父亲”有时候会来吻他，和他说晚安，和他玩一下挠痒痒……从上次“父亲”来吻基甸，和他说晚安，和他玩挠痒痒到现在，已经有很长一段时间了。那晚，基甸躺在床上，听到“父亲”房间里传来他听不懂的声响。

“父亲”在和自己说话吗？“父亲”开着电视吗？声音那么大？

基甸想，他带着一个小男孩回来了，在“保险箱”里。

儿子没有这些想法。因为儿子总是欢快的，眼睛忽闪着，渴望被“父亲”爱，即使这爱会带来伤痛，难以忍受，使他身体流出血来，流到床单上。

带上铁铲，儿子。

他们出门了。“父亲”带路。穿过菜园废墟，“父亲”似乎忘记了这个春天，没有叫基甸栽种什么，也没有给他庄稼或种子。他们穿过荒废的菜园，穿过旧苹果园废墟。这是 5 月一个温暖的早晨，蜜蜂嗡嗡唱着歌，小鸟互相打着招呼。

“父亲”看上去在出神。“父亲”皱着眉，咬着下唇。

夜里，基甸听到了声响。基甸那晚没怎么睡。

愚蠢的小男孩嘴巴会被堵住。他闷声哭喊，像个婴儿一样尿湿裤子。

基甸知道自己最好不要弄出声响，知道自己最好不要引人注意。因为他不再适合进入“保险箱”，要惩罚他，得用曾经锁过米西的锁链来锁住他。不久之前他就这么被惩罚过。

不清楚“父亲”为什么觉得有必要惩罚他。那还是特伦顿市之旅不久之后的事，然后，许多事情似乎都变了。

“父亲”说过，儿子，你心里有叛逆的种子。这是一个公正的警告，好让你知道，你如果叛逆的话，会怎样。

“父亲”用拴米西的锁链锁住他。锁在楼梯扶手上，扶手是不会移动的，如果基甸用力过猛地拉扯，只会拉断自己的脖子。

另外一次，他把一个钱包上的装饰结粗心地编反了，“父亲”

当时没注意到，直到“礼品篮”店的老板娘指出来他才发现。

徒步前往乡间的途中，他们进入一片区域，那里有树丛茂密的小山和浅水河床。“父亲”带路，基甸拖着铁铲吃力地跟在后边。

“父亲”背着背包。基甸不知道背包里有什么。

那天早晨，他没听到“父亲”卧室有任何声响。不过那个愚蠢的小男孩当然会被堵住嘴。

“父亲”不喜欢哭泣、乱喊、尖叫。

除了某些特定的时候，“父亲”的确喜欢哭泣、乱喊、尖叫。

走啊走啊，基甸开始出汗。在T恤衫里边，汗水顺着他的身体涔涔地流下。他穿着短裤和运动鞋，没穿袜子。

“父亲”带他来的这个地方很荒凉。他似乎知道，其他儿子也被带来过这里。

“申命记”——这是之前那个男孩的名字。他知道这名字却记不起他是怎么知道的。

儿子，就是这里。

他们已经走了差不多一英里，这是一个布满鹅卵石的沙滩。古老的河床里，香蒲已是一片郁郁葱葱，河岸上露出的层层页岩如同陶器碎片一般。四处都是奇形怪状的大石头，石头表面的浅浅凹痕犹如一张张鬼脸。

基甸想，这是埋葬他们的地方。他带了一把刀来杀我。

然而，“父亲”叫基甸开始挖坑。

你挖一会儿，儿子。然后，我来接着挖。

为你自己掘坟，儿子。

儿子把铁铲插到地里，用脚把铲子再踩深些。他很热，在喘气。他用眼角余光看到“父亲”在旁一边抚摸胡须，一边观察他。“父亲”戴了一顶棒球帽，帽檐拉得低低的。

基甸的心脏跳得越来越快，快得他几乎都无法喘过气来。

“父亲”把背包放下来。他递给基甸一瓶依云矿泉水，基甸感激地接过来。他看不到背包里边有刀锋的闪光。

他还要再挖一会儿，再挖深点儿。财宝是在这儿吗？“父亲”似乎已经忘了财宝的事。

基甸身不由已地转身，挥铲，重重击向“父亲”！铁铲落到“父亲”头上，“父亲”身子晃了晃，跪倒下来。铁铲从基甸手中震飞出去。

基甸开始跑。

“父亲”带的是刀而非枪。“父亲”头晕目眩得无法追赶他，甚至都没在他身后发出一声叫喊。

“父亲”的前额流血了。一道血流淌到他脸上，这是基甸记忆中“父亲”最后的样子。

他迈着惊恐的步子跑啊，跑啊。

第十章

密歇根州伊普西兰蒂市

2012年5月

妈咪，我不喜欢她看我。

乔希！这样很无礼。

我不喜欢她。

孩子扭动着挣脱了母亲的怀抱，跑开了，跑到游乐场的小朋友们那里。

黛娜，我很抱歉。我真不明白……

没关系，凯蒂。真的，我理解。

黛娜笑了，表示她没伤心。是真的，6年了，她不会因为这样的事伤心。

设身处地，我也会跑开。长得像吸血鬼一样的女人，脸上布满疤痕，没有自己的孩子，哪个小孩都会被吓到。

她在伊普西兰蒂市的国家失踪儿童登记局分部做志愿者。办公机构在肯德尔广场，临街，附近有家“风味咖喱”快餐店，她在那里买午餐，用白色塑料叉子吃素食豆腐沙拉。于她而言，有食欲真是个奇迹。

失去罗比这6年里，大多数食物对她来说一直是味同嚼蜡。然而大脑已经习惯了，当她看到曾经喜欢的食物，曾经津津有味吃过的食物，大脑就指示她，吃！虽然她知道，这食物吃到嘴里味同嚼蜡。

这就是人类精神生活的真相吗？难道是她窥破了人类心灵阴暗的一面吗？

记忆总是驱使我们脑子里再现过去快乐的时光。即便我们知道过去就是过去，我们不会快乐。

就是这个游乐场，她曾带罗比常来。

当然，6年后，公园里没有哪个年轻妈妈记得罗比了。

她认识大多数年轻妈妈。她们也都认识她。

罗比之后，新一代孩子出生了。一个如此简单的事实却似乎令她糊涂、令她困惑不已，她多么希望孩子从她身边被抢走之时，时间就此停止。

因为，起初，只是日子的问题，一天又一天。然后，是一周又一周。

当然，她没有放弃希望。绝望的他们没有放弃希望，这正好反证了他们的绝望。

游乐场上，她和罗达、特蕾西、埃文坐在一起。这些妈妈年轻而时尚，其中两位是博士，一位是微观经济学博士后，她也曾是她们中的一员。她们的孩子都还不到5岁。

吃豆腐午餐，吸瓶里的依云矿泉水。

黛娜那么友好，要想避开她很难。

要避开那可怜的女人，你会感到非常愧疚。

曾经和黛娜一起在公园带孩子的那一代年轻母亲早就离开这里了。他们的孩子现在都上了初中，或者年龄更大些。虽然黛娜时不时看到，或者认为自己看到，有一个那时候的年轻母亲，似乎认识她，匆匆瞥她一眼就把目光移开。

她儿子再也没找到吗？多少年了？

她眼中的神情，令人不忍直视。

可事实上，黛娜是让人获得无尽快乐的源泉。她经常笑，还逗得其他人笑。她从不提自己的状况，就连间接地提一提也不会。她像被拴在了一块巨石上，走路时都得拖着那块巨石。她并不觉得特别需要谈及自己的伤残，而是出于本能地将之轻描淡写地带过。

最糟的那些日子，她还用拐杖。但这种情形现在很少了。

她走路摇摇晃晃的。但天哪，她真的走起路来了。

在公园吃午餐时，她和年轻的母亲们有说有笑，好像现在她不是一个34岁的女人，而是依然年轻，依然是个母亲。

在和罗达、特蕾西、埃文聊天说笑时，她看着她们的孩子在沙地上玩耍，有时会陷入一阵麻痹的向往和迷惑中。她还有罗比时，在这个公园里，她也是这么沉迷于年轻妈妈都沉迷的琐事，像在汹涌海浪中的泳者，她从未将注意力过多地放到自己身上，现在她也是如此；因为现在，似乎没什么事会让她惊诧，因为那个事实：6 年前，她也是这样的年轻妈妈，可她没有把握住奇迹。

现在，她沉醉在眼前的场景中。

孩子们那么美丽！那么有趣、黏人、惹人恼、引人爱……

她永远不能对这些年轻母亲们说她害怕的事：她开始渐渐忘记罗比的样子。她需要翻相册，需要把那些抓拍的相片拿到亮处，来回忆起罗比的样子。

自从神经受损后，这样的忘记很快就开始了。然而黛娜认为这不是神经方面的问题，而是精神力量的衰弱。

那是最令她恐惧的秘密：她感到自己毫无价值。

罗比 11 岁了！她感到晕眩难受，她都想象不出儿子现在的样子。

可怜的黛娜！他们应当再要一个孩子。

一定要那样做，不然自己会慢慢死去的。我的意思是——你能怎样呢？

孩子们的喊叫声让她激动不已。孩子们在沙地上挖沙，玩跷跷板，就像罗比以前那样。总有一个男孩非常像罗比……那天早晨，她第一次在一年多后，努力开车缓缓驶过蒙特梭利学校，6 年前她儿子曾在那里上过学。

一个念头从没如此疯狂地蔓延开来：罗比就在后边等她，和他的小伙伴们一起……

就在她说笑着，尽力不去回忆的时候，一件牵涉到她丈夫的小趣闻让她感到了懊悔。

她原本是想让大家开心的。女人们都知道惠特，他是伊普西兰蒂市和安阿伯市的准公众人物：本地募捐组织的主办人，还是每年春季“为纪念儿童医院举行的慈善徒步运动”和最近组织“为孤独症行走、呼喊”活动的联合主席。“为孤独症行走、呼喊”是一项徒步运动，行程10英里，穿越密歇根大学的植物园，许多人还带自己的狗参加了。这项活动做得很成功，取得了很好的宣传效果。

他不想再要个孩子，试都不想试一下。

她悄悄试过，但没成功。

她认为，那是精神上的失败，不是身体的失败，或者说，不只是身体的失败。

她思路断了。她正在向朋友们讲述一个发生在她的社会心理实验室里的有趣故事，想让大家开心，但她没把故事说清楚，感觉到了她们的失望。那可怜的女人！她一直说，停都停不下来。

游乐场上孩子们亢奋的尖叫声令她分心。已经6年了，这些活泼可爱的孩子开始取代罗比在这个世界的位置。

她结结巴巴地说着，然后陷入沉默。其他人也沉默不语，窘迫不安。

她抓起矿泉水，喝了一口，水顺着下巴流下来。

她母亲曾无比绝望地说过她：黛娜！你太失控了。

在杰拉尔丁的用词中，这是你能做出的最糟糕的事——你太失控了。

面对镜中的自己真的很难。而在康复中心，最让人痛苦的莫过于那些三面镜。

一层层纸一般薄的疤痕组织。稀疏睫毛下的眼睛像是从一副面具里往外窥视。她的面孔是最精巧的万圣节恐怖面具，因为这面具是模仿真正的皮肤做成的。

根据恐怖谷理论，机器人和非人类一旦与人类的外表相似超过一定程度就会让人无法忍受。黛娜在心理学研究生课程中学过恐怖谷理论，她想诙谐地对教授说，嘿，我就住在恐怖谷。

睡觉时突发奇痒，她使劲抓了又抓，抓得满脸是血，然后困惑地醒来。惠特在那儿惊骇地盯着她。

黛娜，天啊!

现在她又冲动得想用指甲抓挠。但黛娜不会这么做。

在公共场合别这样：别抓脸，别碰它。别再自怨自艾。

是时候离开阿德米拉尔公园了。她不能再在这儿待下去了。

她希望和一个孩子快速道个别：抱一下，吻一下。但似乎不可能会发生这样的事。因为孩子们在沙地那边，她走近他们会害怕。

她的面孔吓着他们了：勉强辨认得出的下巴连接错位，而且右眼的聚焦也不正常。

在街上，她常常看到人们盯着她看。在大学里也是这样，她重新注册入学，学习社会心理学研究生课程。

他们或者知道她是谁，或者猜测她是谁。

或者，他们不知道她是谁，但是被她的相貌惊吓到了。

她起身离开时，一个年轻妈妈站起来帮她，因为她的右膝疼得直不起来了。

她笨拙的身体疼得发抖，可她不会说出来。

她脸上没有血色，她笑着和大家道别。她勇敢地走开。

她知道她们都在关心她，怜悯她。她知道她们会谈论她。

可怜的黛娜！她就是那样不停地说啊，说啊……

你们觉得，她还在服药吗？

哦，天啊。她遭受的一切真够呛，而她丈夫……

你们觉得她是不是总是那样一直说呢？在家也是那样？

真的，黛娜说得太多了。黛娜说得都听不到自己沙哑刺耳的嗓音了。有听众笑起来时，黛娜会很自豪。那时候，她让人愉快。

那是让她沉迷其中的事，惠特说。

她强迫自己放弃处方药奥施康定和扑热息痛，只服泰诺林来止痛和治疗失眠。她也不准自己喝一杯酒，因为如果开始喝酒，也许就再也停不下来。

萦绕在心头的公园、游乐场，甚至利伯蒂维尔购物广场，还有开车经过蒙特梭利学校，这些都让她沉迷。

在她成年后的生活经历中，似乎只有志愿者工作是最完整的。那同样让她沉迷，却是真正对他人有用的事。

从阿德米拉尔公园出来，过街时她差点摔倒。要不是为了自尊心，她该带上拐杖的。

女士？你需要帮助吗？

谢谢，不用。我——很好。

女孩怀疑地看着她。这个女孩是牙买加人，很年轻，身穿医务人员的白色工作服。

惠特说，至少，把那该死的拐杖带上！就你有自尊，那么多人都用拐杖。

她母亲讨厌看到黛娜用拐杖，更讨厌她使用助步器。哦，黛娜，看看你！我的女儿。

在坐了一会儿之后站起身时，她脑中总会嗡嗡作响。需要几分钟黛娜才能恢复听觉，还不算太严重。

她做了核磁共振检查。没有发现大脑受伤部位的神经有进一步受损的迹象。

最近几个月，她又做了脑部扫描、超声波心电图、血管造影照片、结肠镜检查和多项血液检验。

她继续间断性地去做理疗。和惠特一样，她停止看心理治疗师了。没有意义，因为他俩都没有错，心理治疗也不能让他们失去的儿子归来。

事实上，是她让罗比离开的。她本来紧紧牵着他的手，然后就……

治疗专家可以帮助你减轻负罪感，但无法帮你解决引起负罪感的那个根源问题。

游乐场上的孩子们令她太激动了，就是这样。因为总有一个孩子的背面或侧面看上去像罗比……

总有一个孩子的声音，从远一点听起来，激动的、兴高采烈的、兴奋的声音，像是罗比的声音……

妈咪？妈——咪！

然后不知怎么的，孩子的声音成了她自己的声音。那么忧郁！

妈——咪——

母亲发给黛娜的邮件里总有关于其他失踪儿童的链接、网站和主页。因为有那么多孩子失踪。

每当杰拉尔丁来看她，惠特又不在家时，杰拉尔丁很可能会打开一份报纸，给黛娜看《底特律新闻报》的一篇报道，是关于孩子在某地被绑架的新闻，比如，在新墨西哥州，或佛罗里达州，或北达科他州——7 岁孩子被从自家后院带走，没有目击者。

还有，10 岁孩子被劫车匪徒绑架，妈妈住进了医院。

请不要给我看这些，母亲！黛娜恳求。

这 6 年来，杰拉尔丁也老了。但在强光下，你还是无法忽视她那几乎没有瑕疵的脸，无法对她眼角周围紧致、光滑的皮肤视而不见，无法不面对这一事实。

这是公园里年轻母亲谈论的主要对象：她们的母亲，还有她们的婆婆。

逃也逃不开的，满世界的女人。黛娜忆起英国文艺复兴时的一出戏剧——《女人当心女人》。

或者，是这个题目——《女人出卖女人》。

也许这很无礼，是的，这当然无礼，但人人都这么做，年轻的母亲们，还有不那么年轻的黛娜：查看手机信息、电子邮件。

虽然黛娜忍不住比其他人更频繁地查看。

一天查看几十次。总是怀着希望。

因为，有一天会有消息的。有一天，这样的守候终究会结束。

她从不怀疑，一刻也没怀疑过。

不像惠特，他粗鲁地大笑着说，他怀疑脚下的每一寸土地。

回到失踪儿童中心，她费了好大劲才跌坐在自己的办公桌前。这是一张普通的救世军用办公桌，磨损得厉害，桌面上什么也没有，除了一部座机，是那极少响起的“热线”。声音从远处传来。我们为什么要关心别人，为什么爱他们，为他们悲伤，怀念他们，需要他们？我们终究会孤零零地死去，离他们远远的。

好虚弱！她可以把昏沉沉的脑袋枕在交叉的双臂上歇息，把伤残的脸埋在桌面上睡过去，再也不会醒来。

黛娜？黛娜？黛娜？

再也不会醒来。

莱拉说，哦！让我看看。

他拿来一幅彩色粉笔肖像画给她看。

多么漂亮的孩子……他的名字是——罗比？

他微笑了。他微笑是为了不说出可能会刺痛她的话。

他的名字叫罗比。

哦，是的，我的意思是——叫罗比。

6年前，惠特开始画素描。他一直喜爱画画，在画卡通和漫画方面特别有天分，才思敏捷。但是罗比被抢走，罗比的相片公之于众后，惠特开始凭记忆和相片用彩色粉笔画儿子的素描肖像。惠特曾经打算一直画，把罗比最新最近的样子画出来，但随着时间流逝，他越来越画不出罗比的样子，最终还是放弃了。

密歇根州警察局和联邦调查局间或提供罗比的“最新”相片——预测图像，但这些不可思议的图像令惠特和黛娜难过。特别是对于黛娜，她情绪反应非常强烈。

最新的儿子图像里有一种像是机器人的成分。仿佛一个异类在5岁的罗比体内潜滋暗长，迫使他的孩子身体变成一个新形状，使他那孩子的脸蛋变成一张新面孔，对于他的父母，那是一个陌生人的面孔。

罗比房间几乎没怎么改变。惠特知道黛娜一天至少进那房间一次，但他不知道她在里面做什么，也不知道她在里边待多久。惠特极少走进那个房间，虽然房门一直开着。

最明显的变化是，他们取下了那些他们不喜欢的令人不安的图片。取而代之的，是惠特用彩色粉笔画的罗比肖像。

惠特是想搬出这套房子的：这房子太小、太普通、太局促。在这房子里，他度过了太多的不眠之夜，感受到太多的痛苦。之前为人父的那种闲散和幸福感早已消失殆尽，近些年来，他越来越感到的是憎恶和愤慨。

他本来想搬到安阿伯市以西10英里那边，他在那儿有许多朋友，而且在那边，对他节目欣赏的听众也比伊普西兰蒂市多得多。

但黛娜拒绝搬家。从这所房子搬走，离开罗比的房间，就是放弃罗比。

惠特没和黛娜争。惠特努力尊重黛娜的信念，她的迷信。

他那聪明而又颇具讽刺意味的妻子，现在正在伊普西兰蒂市的基督教教会参加宗教仪式。

黛娜的确对此感到很尴尬。黛娜不想让母亲杰拉尔丁知道，杰拉尔丁是个早就离经叛道的天主教徒。

黛娜告诉过惠特，只是为了那种气氛。唱歌，牵手，为活着而欣喜，不思考。

卡梅拉曾说过，惠特，你永远不可能离开她。因为这样你就会失去儿子。

惠特对此不争辩。卡梅拉在安阿伯市的实验歌舞剧院做艺术指导。在他的虚荣心里，他愿意有个像卡梅拉那样的女人与他在一起，和他暧昧地相爱。

卡梅拉之后，还有过其他人。他那么寂寞，那么绝望！

他的性欲、他的灵魂，都在儿子被劫走之后泯灭了。他感到自己作为一个个体，能在一定程度上控制自己生活的个体已经完全消失。

他的男性意识，这也是他灵魂的精髓，在儿子被劫走之后已经消失殆尽。他原本认为，自己能在一定程度上掌握自己的命运，现在却不再这么认为了。他的父性、男子气概和自身尊严都随之消失殆尽了。另一个男人，一个掠夺者，抢走了他儿子。

惠特想，那可能是最古老、最原始的侮辱。他因之所感受到的侮辱更甚于妻子被掳走。

亚伯拉罕和其子以撒的故事难道不是《圣经》里最可怕的吗？竟然要让慈爱的父亲去杀儿子来献祭，要用这种方法来测试这父亲是否真的敬畏上帝，是否会遵循上帝的旨意。

还有对黛娜的伤害。

惠特如今极少有和妻子做爱的想法，因为怕伤害到她。而且他觉得，的确，他再也感觉不到以前对她的那种欲望，那些欲望消失了。不管可怜的黛娜多么勇敢、多么性急地努力将自己摆在他面前。

惠特，我们还需要一个孩子。求你了。

黛娜，你身体不好。

我很好，比我伤残得多的女人都能怀孕生子。

你现在身体还不够结实。我们说过这事的。

我们是讨论过，但是——我们还没有达成一致。罗比回家时，不管那是什么时候，他都想看到一个小妹妹或小弟弟。那本来就是很自然的事。他会愿意多有一个亲人。

这是多么彻底的疯狂。惠特不相信自己会答应。

怀孕这说法特别令他反感。一个女人是怎么怀孕的，这是一个人自己就可以做成的事吗？用注射器还是用滴药管？

黛娜另一个疯狂的地方就是成为素食主义者。

她对肉食恶心，只要一看到肉，或想到肉——联想到被囚禁和屠杀的无辜动物——她都会恶心。好几次在朋友家，黛娜闻到正在烧烤的肉味，就脸色苍白，恶心作呕，不得不和大家说抱歉，然后步履蹒跚地冲向洗手间。

惠特夫妇，他们曾是多么美好的伴侣！

现在全都让人愈加无法忍受，因为惠特是那么喜欢烤肋排、寿司、烤猪、牛肉挞挞、羊排和嫩嫩的牛排呀。

事实上，他开始讨厌黛娜。

事实上，他爱黛娜。他当然爱黛娜。这是他发过誓的，他会永远爱黛娜，他会永远保护她不让她受伤害。

黛娜和罗比。他对妻儿的爱是那么强烈，他感到晕眩，像吸入了无味却烈性的气体。在他生命中，他从未像爱他们那样爱过任何人。直到儿子出生，他才成熟到足够具备这样爱的力量。

然而，他正在渐渐远离黛娜，无情地渐行渐远，像在无桨小船中的人渐渐漂离另一只无桨的小船。有一阵子，河流载着这两只小船驶往同一个方向，但现在水流在改变方向，两只小船在彼此远离。

6 年之后，他已经燃烧殆尽。他曾经用积极寻找绑匪的方式表达悲伤，坚持打电话给伊普西兰蒂市警方、密歇根州警方和联邦调查局，坚持印刷寻子传单，持续上电视节目呼吁。一次又一次。这是惠特的方式，因为这是他让自己保持神志清醒的方式。

他的方式不是躺在孩子床上，蜷缩成胎儿状睡过大半天。不是去参加基督教新教会宗教仪式，与陌生人手牵手唱赞美诗，一起哭泣。

一个孩子。截肢瘫痪的女人都能生孩子。我们上网看看吧。

惠特，求你了！罗比回到我们身边时，他会想要一个正常些的家庭。

对那些不经意的目光，黛娜似乎也并非不能承受。只要她坐下来，说话。说话就是黛娜所做的，她生机勃勃地说话，而不是用脚努力像以前那样轻松、优雅地走路。

对那些不经意的目光，黛娜似乎具有免疫力，不会感到受伤。她显得比实际年龄 34 岁要老一些；她的体重在慢慢增加，原来她体重只有 100 磅，现在长胖了。惠特估计，她现在有 135 磅。她的肩膀和上臂肌肉过于发达，因为在康复中心锻炼、举重，还因为为了减轻下肢的疼痛压力，她一连数月坚持用拐杖或助步器走路，或驱策她自己——（“驱策”是惠特喜欢用的词）——使用柜台、椅背、桌面或栏杆行走，像一个表现得很有竞争力、很有闯劲的奥运会伤残运动员的样子。她的腿相对瘦弱，右膝特别容易疼。她患有偏头疼，有时她会疼得筋疲力尽，不省人事。她用电脑打字和用笔写字都很困难。尽管身体伤残成那样，但她受伤的身体毕竟慢慢恢复了，像一棵生长受阻却绕过障碍物，成功长大的树。

惠特为黛娜自豪：她进行了数月极其痛苦的理疗，却从未抱怨过。现在，她身体的协调能力比 5 年前好多了，当时医生诊断的愈后状况可是非常糟糕的。让惠特心烦的是，她坚持认为自己的身体已经足够结实，可事实上她身体没那么结实：她很容易倒下，不止一次地被匆忙送往急救室，因为剧烈喘气或急剧的心动过速倒下，或因胃肠麻痹引起的腹痛而难受万分。她却坚持认为自己基本上是正常的。

因为黛娜那该死的自尊心，她极少使用拐杖。虽然惠特为她买了一根别致的维多利亚拐杖，是用象牙雕刻而成的，非常漂亮。

（她说，我怎么可能用象牙拐杖？为了这根象牙，一只大象被屠杀了，惠特！）

还因为自尊心，她坚持独自从停好的车里走下来，而不是像以前那样让惠特绅士般地搀扶着她下车。这样不可避免地，她会步履踉跄，得紧紧抓牢惠特的手臂才能站稳——没事，没事！我很好。我只是有点气喘，有时候……

黛娜常常将脸避开惠特。惠特坦率地看着她，她会不安；而惠特似乎将目光从她身上移开时，她也会不安。

至少，她并不为自己的面容感到抱歉。如果她试图这么想，惠特会暴怒的。

事实上，她的脸并没让他感到厌恶。在那半透明的疤痕组织下，是黛娜真正的脸。那美丽的深棕色眼睛，睫毛稀少，却依然美丽如初。

当黛娜听不到他们的低语时，杰拉尔丁会狡黠地对惠特说，你以为我们不知道吗？我们什么都知道。

他想把这女人从眼前推开。她对惠特的态度总是有点微妙的愚弄意味，有些轻浮。她对惠特说话，从没试着把他当作一个丈夫和一个父亲，而仅仅只是"惠特"，一个电台音乐节目主持人，迷恋大麻，性行为无节制。这个人可能蒙得了别人，却骗不了她杰拉尔丁。

她愤怒地说，她知道但她什么都不会说。因为黛娜的性格是那样——软弱，信赖人。但至少你可以更慎重些。

见惠特对这一派胡言不予置评，她又觍着脸说，我的意思是——逃避。至少你可以更——

杰拉尔丁，我知道"慎重"是什么意思。谢谢！

也许，他会离开黛娜。因为这也是离开这个泼妇丈母娘的办法。

他要等到黛娜身体状况更好些才会离开她，还要等罗比回来。

而如果罗比真的归来，如果奇迹发生，惠特当然不会离开妻儿。

他们就这样等待着。

6年来，他们一直在等待。

母亲显然是信心更足地在等待，她相信孩子一定会回到他们身边，丈夫显然没那么有信心。

然而，有时候，他们仅仅是彼此匆匆看上一眼，立即就会心心相印、血肉相连。

看到街上的一个孩子，听到一个陌生人随意的谈论，某人的相貌让他们想起，比如，多年前伊普西兰蒂市一个负责失踪儿童案子的侦探，这些事都会触动他们。

有时候，黛娜会无缘无故地哭起来。只有惠特知道她为什么哭。

她和他说她的梦境。他很少和她说他的梦。

然而那么不可思议，有时候，他们的梦是重合的。

罗比常常在她的梦里出现。但罗比的脸蛋模糊不清，像被橡皮擦过似的。恐惧笼罩了她——我在忘记他的样子。

梦里，罗比又和他们在一起了。然而，总有错综复杂的情形。一个又一个的梦继续着，继续着，像永无止境的旅程，在糟糕天气里，行进在有深深车辙印子的道路上的旅程。

黛娜无数次感受到，孩子的手指从她手里滑走！无数次她被甩向地面却仍妄想追上，在绑匪的车下面，她被拖行在地面上，像一个软塌塌的没有生气的破布偶…… 和惠特讲述这些梦境时，她形容着，她的睡梦被打断了，被一些陌生人的嗡嗡声，电话录音的哔哔声，还有电脑发出的声音；有无穷无尽的文件和需要痛失爱子的父母填写的表格；录音机发出的一阵刺耳的嘈杂声；明亮的荧光灯刺得她眼睛生疼。直到她突然发现罗比不在那儿，而且从来就没在那儿过。

而惠特会想，那是我的梦境啊！

自从她成为热线电话志愿者以来，黛娜做的噩梦尤其令她疲惫不堪。在梦里，她在接电话，努力去听一个渐渐消逝的微弱声音，是罗比的声音吗？那声音乞求着，尖叫着求对方不要挂电话。

不要抛弃我！不要抛弃我。

可是，惠特待在外面，尽可能拖延着不回家。他情不自禁，沉溺于此。

他从噩梦中醒来，发现自己成了当地小有名气的人。无论何时，只要有儿童绑架案件这类爆炸性的新闻发生，“惠特”都有可能成为媒体争相采访的对象。就是因为害怕寂寞和孤独，他有意让生活如陀螺般停不下来：工作、忙碌、做爱、和朋友喝酒、偶尔抽大麻，甚至在傍晚时分独自去商业街看电影。都是些愚蠢、暴力的“动作”片，而这类片子是黛娜无法接受的。

黛娜很孤独但从不责备他。她一定是发过誓：决不在失去亲人时责备自己的伴侣。

一定程度上，她仿效了惠特，让生活忙碌起来：去大学听课，做志愿者，去和朋友们聚会，交结新朋友，晚上去教堂。罗比出生前，她曾是那么让人羡慕地自立，罗比出生后她全身心地扑在孩子身上。现在，她对任何一种交情都极度渴望，不管那交情多么偶然、多么短暂。

有时候，甚至包括她母亲的友情。惠特不太能理解。

惠特一回到家，就会立即打开电脑。他像是被某种引力拉过去，像是被拉进了一个黑洞——黛娜悲伤地看着。当他不在电台工作，或不出去和人会面时，一整天，他都沉湎于电子邮件和手机中，一小时里他可能会查看十几次信息。

一小时吗？——查看的频率用分钟来衡量可能会更确切些。

像一个人在一座被毁灭的城里，在废墟中苏醒过来，他要找到一种存活的办法，找到一处原始的庇护所。

在这儿，我可以活着。在这儿，我可以呼吸。

他从没故意对这女人说过刻薄话。

他从没这样做过。而大多数时候，他们都原谅他。

她是一个富裕的捐赠人，帮着资助 WCYS 调频广播。特别是惠特的《美国经典和新时代》节目，那是——她和她丈夫捐助办的。

在基金会上，身穿华丽正装的普罗克斯迈尔夫妇成了闪光灯的焦点。这是些惠特与特雷西·普罗克斯迈尔握手的照片，那时特雷西的妻子海迪比他年轻得多，站在旁边微笑，美丽动人。

她曾对惠特说，她当然理解——他永远不会离开他的妻子。

而他说，你确定？哇哦。

她说，你知道，惠特——可以说，生命中发生这么一场灾难，真是不幸。

他说，有吗？真的吗？那么，那可能会是什么呢？

她说，如果你再不注意分寸的话，你就是个混蛋，因为别人都让你占便宜了。

他哈哈大笑。他脸上有刺痛感，仿佛这女人扇了他一巴掌，但他依然笑着。

他说，真实的灾难是，你将自己后来的生活，每个坏心情，每段低迷时期，都归咎于那场灾难。你无法想象另外一种生活。你只有这一种生活。你看不到未来。

这是真的。这是悲哀的、老套的、装深沉的，但这是真的。

他想，这就是我们的结局吗？也许是时候了。

失去儿子后，惠特和每一个不是他同事的女人，都会有这个时候。

有时候早些，少少几次幽会后。有时迟些，当热烈的性欲开始平息，变成某种更为持久的情怀。

女人们似乎总是没准备好。惠特总是准备好了。

虽然一开始的时候惠特才是更急切的情人，就像一个孩子渴望爱，渴望温暖的抚摸。

现在他在努力对女人献殷勤。女人抚摸他的手臂似乎想安慰他时，他尽力不去注意她的手指甲。

每次他们在一起时，女人的指甲都涂不同颜色：淡粉色、浅桃红、赤褐红、暗淡的浅紫色。起初他开玩笑地表示过欣赏。然后，接下来的一连串时间，是困惑。但最近，是窘迫。（这些精致的指甲都是为他而做的吗？这女人的魅力都是为他而算计和聚集的吗？）这令他微笑着想，女人总是会故意在自己身上做些荒谬的事！

（当然黛娜除外。可怜的黛娜，她的指甲短小、破损、分裂。蛋白质似乎都从她身体中流溢而出，她的指甲像纸一般薄。）

今天，这指甲是珍珠一般，乳白色。

但更值得注意的是，指甲形状重新修剪了，不再是椭圆形，而是方形，像一把把小铲子。惠特发现自己盯着这些指甲看，心想海迪这样子怎么用手做事呢？——比如，怎么打手机呢？

海迪谨慎地说，不想惹怒这位脸皮很薄的情人：你失去的希望是，不知道你的生命会变得多么不一样。我是指你内在的、本质的生命……

惠特不确定自己是不是听明白了这句话。他依然盯着指甲在看，心里疑惑，还有什么东西能看上去这么不真实；有一个简单的办法来验证，要是他试着去折断一片指甲，而那指甲不会破的话，它就是真的。因为它是这女人身体的一部分。

如果婚姻中出现了一个问题，海迪说，没有意识到惠特越来越愤怒，就还会再出现一个问题。我是说如果。

“如果”——？

嗯，我是想表达一种观点。也许那是一个不可能实现的观点。

也许是，海迪。

我说的是，从某一点上看，将你的生活归咎于某个在某时某地发生的极其糟糕的事件，那样也许不真实，不合理……

他任她在那里手足无措。他已经对那些可笑的指甲失去了兴致，不管它们到底是真还是假；或者这女人对他的感情是真还是假，或两者的混合物，无法计算出真假。那些因素无法探索，太小了，无法估量。

惠特突兀地说，他得回家了。以前他从没对海迪说过这样的话，但他现在说了，而且那样突然，那样着急。

为什么？有什么在等你回家吗？

“家”是什么？难道不是那样吗？还会有什么在等你？

好的，惠特，你以前从未说过这话题。

我不会再说了。

从安阿伯希尔斯酒店出来驱车 45 分钟后，在州际公路上，他听到了熟悉的手机铃声，但他忍住了没接电话；因为在这条公路上开车时，由于接不该接的电话，他不止一次差点出车祸；而当他到家时，黛娜正站在明亮的门廊上等他。

通常，惠特都是很晚才回到家。然而，黛娜现在在这儿等他。

她臂弯里抱着个东西，在动——那是他们隔壁邻居的黄色猫咪。惠特将车转入车道时，对她挥手，虽然他有点担心。是黛娜给他打的电话吗？他们白天经常通电话，即便没有任何消息。他希望，妻子那里不再有任何消息。

他打开车门时，黛娜蹒跚着走下门廊台阶。她布满疤痕的脸充满活力，眼睛亮亮的。

“惠特！他们找到罗比了。”

第三篇

密歇根州安阿伯市

2012年9月

他在哪儿？

他们在沃什特诺大厦的一楼中厅等他。这座安装着有色玻璃幕墙的大厦位于密歇根州安阿伯市。

在与科兹多伊医生谈了50分钟之后，他们从大厦三楼的治疗师办公室来到一楼。罗比还要在那儿再待50分钟，另外做单独咨询。

自从开始为儿子做心理障碍治疗以来，过去几个月，他们一直这么做。

现在是中午12点12分。罗比和科兹多伊医生应该在12点左右结束治疗的。

“你想去找他吗？还是……”

“他可能在楼上的洗手间。”

“我们可以再等几分钟。我们不应该让罗比觉得我们在——这么明显地——等待。”

惠特握着黛娜的手，轻柔地抚摸。

黛娜把手翻转过来，像过去习惯的那样，从下面抓住惠特的手指。她能感到力量流过惠特的全身。她想，我们现在很完美，我们现在是一家人。

他们决定等罗比，再多等几分钟。他 11 岁了，在接受科兹多伊医生的咨询后，也许想有点自己的隐私。

你们的儿子进展飞快，科兹多伊医生告诉他们。

经历过那样难言的磨难，他算是做得很好了。

罗比没告诉父母他与治疗师单独在一起时谈了什么；科兹多伊医生当然也没告诉他们任何可能涉及男孩隐私的事情。

惠特知道，有时，罗比无法说或者不愿意说的时候，科兹多伊医生就给他一支炭笔在美术纸上画画。但这些“艺术品”都留存在科兹多伊医生的办公室，黛娜和惠特一张也没看到过。

黛娜曾打电话给科兹多伊医生，问她：他和你说过什么，有许多关于那人的事吗？

（“那人”是黛娜用来指那个绑匪和色狼的方式，警察叫他“切斯特·卡什”。）

科兹多伊医生回答，她不能和黛娜讨论这个，现在还不能。如果——当——他们三人会谈时这个话题冒出来，会产生负面影响。

黛娜说，科兹多伊医生，我并不是想让你告诉我罗比究竟说了什么，但只要——如果——他提起过那人……

科兹多伊医生再次彬彬有礼地说，她很抱歉，她不能与黛娜讨论罗比，现在还不能。

当然，惠特知道罗比一定和治疗师说过那人。就像他和执法官说过一样，哪怕是寥寥数语，说得吞吞吐吐。

最终，时间合适的时候，罗比是会和父母说起那人的。

科兹多伊医生和他们说过：对这类敏感孩子的治疗，任何事都不应当操之过急。过早暴露真相会适得其反。严禁疑问模式。一定不能让年幼的患者觉得他在被询问、质问、怀疑、“攻击”……

黛娜曾愉快地问过罗比，他喜不喜欢科兹多伊医生——她是喜欢科兹多伊医生的——罗比好像低声说了句：嗯，她还好。

惠特问罗比，是否觉得科兹多伊医生在帮助他，罗比好像低声说了句：嗯，是吧。

罗比不再是6年前那个爱说爱笑的孩子了。总之，11岁的罗比是个非常不一样的男孩。

想鼓励罗比壮起胆子看他们的眼睛都很难。

这个罗比羞涩，柔声细语。别人和他说话时，他的反应似乎要慢半拍。

他不会自然而然地微笑。他的笑似乎也要慢半拍。

哦，黛娜多么不愿意这样，她讨厌自己身为母亲，却要这样做：提醒儿子身体站直，抬头挺胸，不要耷拉着肩膀。

她恨不得大声说：你千万不要蔫头耷脑，畏畏缩缩。你现在很安全，你是和爱你的爸爸妈妈在一起。

然而，这是事实：当年5岁的罗比在这个11岁的男孩脸上已经没有留下多少痕迹。

那眼睛不是孩子的眼睛。那眼睛那么忧郁、谨慎、警惕。

那胡乱染过的金棕色头发已经长得太长了。惠特带孩子去把染过的头发剪掉，只留下新长出来的黑发。惠特满意地想，现在，这个黑发的男孩更像他的儿子罗比。

还是小男孩时，罗比叫他们妈妈、爸爸。妈——妈，爸——爸！

一天无数次听到孩子欢快的声音，妈——妈，爸——爸！

经过好几次鼓励之后，现在，罗比叫他们：妈妈，爸爸。

现在，他还不能自然地说出这样亲密的词。现在还不能。

黛娜不止一次在男孩眼中看到过惊慌的神色，就像一个口吃的人要说出一段特别难以把握的音节时，眼中流露出的惊慌神色。

妈妈，爸爸。

他们常常拥抱他。对一个小男孩来说，他那么高……

事实上，就一个11岁的男孩而言，罗比中等身高，他只是太瘦。

他的白细胞指数在改善。他的贫血症快好了。

罗比被拥抱时，他软软地站着，不反抗。他瘦瘦的手臂搭在身体两侧。

他好像是被俘虏了。他不会试图逃跑。

每当这时，他呼吸加速。他皮肤变热。黛娜可以想象，他的小心脏怦怦直跳。

这让她有点心痛。罗比被外婆杰拉尔丁拥抱时，大多也是同样的反应。当他脸颊被亲吻时，他的眼皮会颤动。

然而，他不——回吻。

近来，受黛娜的鼓励，（也许是）科兹多伊医生的鼓励，被亲人拥抱时，罗比也试着拥抱对方，虽然那样子还有点笨拙。

然而，黛娜相信罗比喜欢被拥抱，甚至喜欢被亲吻，就像他似乎喜欢别人安排他做家务，这对一个11岁的男孩来说真是让人难以想象：做完一件事后，他会要求做另一件。甚至擦桌子，清洗碗碟，把它们放到洗碗机里。甚至是洗衣服。还有，用真空吸尘器打扫屋子！

他似乎喜欢因为这些事情受到表扬。如果罗比会笑，那就是在这些时候。

惠特听说，那人待他像个奴隶。除了其他令人惊骇的事情，他奴役了他们儿子6年的童年时光。

但他仍是我们的儿子，我们的罗比。

无论如何，我们会了解他的。

自从黛娜接到那个电话以来，差不多过去4个月了。自从惠特被叫到新泽西州和儿子重聚以来，已经过去4个月了。

他们首先飞往纽瓦克市，然后租了辆车前往新不伦瑞克市，去市里的罗伯特·伍德·约翰逊纪念儿童医院，罗比在那里治疗营养不良和贫血。当初，他在特拉华峡谷以东的基塔廷尼瀑布区的群山中迷路了，走了差不多48小时，然后筋疲力尽地倒下。

惠特夫妇从他们伊普西兰蒂市的房子搬出来有两个月了，他们现在住在安阿伯市第三大街608号。这所美丽的老式维多利亚大房子，是从密歇根州大学一位正在国外休假的生物学教授那里租来的。

多么放松啊，住在这个小规模的大学城，不用再待在伊普西兰蒂市。在那儿，惠特夫妇的邻居对他们太过于关心了，对他们太过于感兴趣了。在那儿，他们积累了太多糟糕的回忆。

若不是位于中东部，安阿伯市算得上密歇根州最国际化的大学社区。惠特开玩笑说，在街上看到的面孔，三个里面至少有一个是亚洲人。

惠特夫妇从开始去科兹多伊医生那里做咨询到现今，只有3个月。毕业于密歇根大学的科兹多伊是一位德高望重的医学专家，在儿童和家庭咨询方面颇有造诣。

黛娜非常喜欢科兹多伊医生。惠特也喜欢她，虽然是还有点保留的喜欢。

他们在婚姻中的角色，似乎已经给他们各自定了位：黛娜是乐观主义者；惠特，是持怀疑态度的那一方。

惠特夫妇都喜欢科兹多伊医生的坦率、有趣、不做作，而且显然非常智慧。他们喜欢听她说话，她的话富于文化内涵：书籍、电影、音乐、歌剧、艺术、电视、网络、运动。（科兹多伊医生还让他们知道，也是最近才和他们聊到的，她热爱徒步旅行和滑雪。）他们欣赏她的办公室，布置得那样精巧：年幼患者，如果愿意的话，可以坐在一把大大的软椅子里，形状像个棒球手套；年龄大些的患者可以选择坐更传统的椅子。墙上都是美国黑白摄影大师经典作品的复制品，摄影师有安塞尔·亚当斯、爱德华·韦斯顿、阿尔弗雷德·施蒂格利茨、多罗西亚·兰格、布鲁斯·戴维森等。从地板到天花板的书架上密密排满了图书、杂志和那些一看就知道是常常翻阅的专业期刊。

办公室的氛围让人放松、让人信任。一座古色古香的落地摆钟每隔半小时就会柔和地敲响。科兹多伊医生没有坐在办公桌旁，而是坐在一张浅绿色的塑料桌子旁边，桌子四角的弧度很柔和。不过，那张桌子上有个方形的乌木纸巾盒，在办公室里非常显眼。过去那些年，黛娜还从没在其他治疗师办公室见过这样的纸巾盒。

拿一张纸巾吧。哭一下没什么的。

科兹多伊医生是个高高壮壮的女人，总是面带微笑，花白头发像男人一样剪得短短的，不过还留着齐眉刘海，戴着华丽的手工制作的银耳环。她身穿剪裁简洁的长裤套装，披着颇具异国风情的印度或中国披肩。如果说惠特没有黛娜那么喜欢科兹多伊医生的话，也许是因为她不是那么有女人味儿，可她的凝视于他有催眠效果，令他着迷。

在家庭咨询期，惠特比黛娜说的话少，而罗比几乎根本不说话。

科兹多伊医生是黛娜以前的一位心理学教授强烈推荐给她的。自从见过科兹多伊医生后，黛娜也开始戴惹人注目的耳环。她意识到：这样会使别人的注意力从她面部转移开去。

她们初次会面时，她注意到科兹多伊医生是多么仔细地看着她呀。科兹多伊医生牵着她的手，紧紧地握着，温暖而坚定。

这个女人理解我，黛娜想。她知道黛娜感受到自己多么受人排斥，多么为丈夫和儿子感到悲哀和尴尬，多么不像一个女人；然而黛娜是多么坚定地不承认这一切。

请为我保守秘密！

和科兹多伊医生每周一次的会面，黛娜都会穿上美丽动人的衣服，不再是平常那些洗熨得整整洁洁的牛仔裤，也不是“考究”的锦纶休闲裤，而是穿裙子；还披上披肩，不过没有科兹多伊医生的披肩那么鲜艳。自从罗比回来之后，她对自己的外貌注意多了，经常洗头发，抹口红。她甚至试着在脸上化妆，用粉遮住一些伤疤。也许，在没有完全正面迎着日光时，视差错觉会取得想要的效果。

真幸福啊，我的生命又回来了！

我的健康也回来了，至少是差不多了。

黛娜走路还是有困难，虽然现在很少有非常困难的时候。她已经几年没摔倒过了。

（而她若是失去平衡，滑倒、摔倒在屋子里，谁会知道呢？她绝不会和惠特说，而且到目前为止，幸运的是，罗比还从未看到过她摔倒。）

有几次，黛娜注意到，当儿子看她时，他的眼中流露出悲伤的同情。

他已经被告知了——他一定被告知了——他母亲有些“小残疾”，是那个绑匪想用车撞死她所导致的结果。惠特觉得罗比有必要知道这一事实。

黛娜是不会和他说的。她不想这么做。

可后来她觉得这样很好。因为现在罗比知道了一切，他会更加明白，很久以前，那些他几乎记不起来的日子，她是多么爱他。也许这样，他就不会因为母亲面孔的伤残而尴尬了。

（不知罗比还记不记得他幼儿时期的一些事情，又或者，他只是给出了成人想要他说的模糊答案。5月，他还在医院，警方第一次和他谈话时，他甚至都不知道自己的名字，只说自己叫——“基甸·卡什”。）

黛娜情愿这么想：他不会因为母亲——我这个畸形人——感到尴尬。和惠特比起来，他会觉得我更亲。

黛娜和罗比待在一起的时间比惠特更多，这是必然的。罗比刚回到他们身边时，惠特减少了工作时间，但两个月之后，他又回到了从前的日程安排。

你父亲是个大忙人。人们崇拜他！

也许，这不完全是事实。惠特在伊普西兰蒂市和安阿伯市树敌无数，有许多电台听众不喜欢他的左翼政见，甚至怨恨他在本地的高姿态。他甚至收到过恶意邮件，有些邮件对他嘲弄揶揄，有些邮件声称要报复他。当新泽西州执法部门帮助他和被绑架的儿子重聚时，本地和州媒体都报道了这事。

黛娜现在开始了新的生活：她开车带儿子去做预约的体检和看牙医；和他一起步行去大学植物园；带他去参加密歇根大学教育学院办的暑期班，他在那里和同龄孩子一起学习，那些孩子或者有残疾或者曾中断学业，他要完成相当于密歇根州七年级的学业。在新泽西州，作为“基甸”时，罗比从老师们那里得到的是几乎一致的高分；但在为期6周的暑期班里，他似乎精神恍惚，很难集中注意力，而且不和其他同学交朋友。

友好的年轻女老师当然知道“罗比”是谁。在与黛娜的眼神相遇的刹那间她就明白了一切。我知道。哦，我很难过！但我会为你保密的。黛娜表情僵硬地笑了。

黛娜没和任何人说过，可黛娜也不打算总是生活在怀疑别人窥探自己秘密的担心中。

伊普西兰蒂市和安阿伯市是一个相对较小的区域。到 2012 年夏天，人人都知道罗比及其父母黛娜和惠特是谁了。

绑架故事，“6 年的囚禁”，从囚禁到逃脱到和家人在新泽西州的团聚，一次又一次被报道，细节详尽到无任何遗漏，并且说得令人毛骨悚然。惠特决定 6 月初在 WCYS 调频广播总部举行一次记者招待会；罗比不会出席，只展示他 5 岁时的那些照片，在“失踪儿童”海报上出现过的照片。

许多后续报道在全国有线电视频道播出，聚焦连环杀人犯和色狼“切斯特·卡什”。他涉嫌绑架了几个小男孩，玩弄之后又最终杀掉他们，并把至少三个孩子埋在自家附近的野地里，他家位于新泽西州基塔廷尼瀑布区。其他男孩的照片被一一展示出来：那么年幼、漂亮的男孩！其中有罗比年幼的脸蛋，但罗比有幸死里逃生。

惠特和这些报道无关，并且拒绝接受采访。惠特冷冷地观看这些报道，因为他觉得，作为罗比的父亲，他应该知道尽可能多的一切；但黛娜躲开了，她被吓到了。

（惠特在深夜观看录像带。那个时候罗比安全地躺在床上，睡着了。）

（至少，他父母是这么认为的。他们把他放到床上后，抱他，吻他，把毯子拉到他下巴下面，这样罗比就睡着了。）

在家里，黛娜平静、柔和、可爱——像是戴着万圣节面具的残疾人。（这是黛娜的幽默感，这样，大多数时候，罗比就不会感到难受了。）

在家里，惠特可能是父母中更感情用事的那一方，别人无故注意他们时，他会火冒三丈，他会坚决保护自己的妻儿免受媒体利用。

（他们一起外出时，惠特不止一次打掉过别人手里的智能手机，以防止家人被拍照或录像。如果是黛娜来处理这种事，她会怎么做，黛娜没有告诉过惠特。）

黛娜送罗比去上暑期班时，她会在大学校园边上的小店、二手书店和时装精品屋附近等他；她沿人行道慢慢走着，此刻，即便是腿和后腰的疼痛，于她，都成了享受，都让她愉快地想到，她是在等儿子，等着开车送他回家。

她希望，那些目光掠过她的人可以知道。她是个母亲，很快她就可以接孩子啦。看看她多幸福啊！

黛娜常常在书店的咖啡吧等罗比。下课后，罗比会过来，和母亲一起在咖啡吧或附近的有机餐馆吃顿清淡的午餐，绝对的素食。罗比也变得不喜欢肉，因为肉和比萨之类的粗糙食物令他“反胃”。

在新不伦瑞克市的那家医院，罗比有段时间得通过食管进食。然后，他只能吃柔软的食物。最后渐渐地，他才恢复了消化普通食物的能力。但是肉，他说，是“肮脏的”。

逐渐地，罗比开始喜欢酸奶、水果奶昔、麦片、什锦粥、煎豆腐、香米、糙米、菰米和所有品种的意大利面。他的甜点有胡萝卜蛋糕、姜汁饼干、草莓、香蕉奶昔、冰冻酸乳酪。父母还给他介绍了中国、泰国、中东和印度食品，这些国家的食品以有诸多素食为特色。黛娜努力让他不要再喝碳酸饮料，转为喝她更喜欢的斯纳普果汁饮料，这种饮料健康得多。

罗比知道了很多有机食品。罗比开始在食品标签上寻找“有机”一词。

父母对此很高兴。（是父母两人吗？其实是黛娜很高兴。）只是他们担心，儿子有点强迫症倾向。嗯，只是有点儿。如果你和他很亲近地生活在一起，仔细观察的话，你就会觉得。

黛娜想起了停车场游戏。她如何让罗比负责记忆他们的车停哪儿，而罗比是多么认真。黛娜似乎在不知不觉中触发了他孩童大脑中的某个结构，这导致了她预料不到的结果。

现在，他不再是个孩子。他长大了。可他必须受到保护。

当然，黛娜不再吸烟，甚至都没有偷偷吸过。

她没吸过一支烟。至少，没吸过一整支烟，自从 2006 年 4 月 11 日的那个傍晚之后。

那是个恶习。她为自己曾在儿子面前吸烟而深感羞愧。

尽管罗比神思恍惚，一晚正常睡上 7 小时都难，但他在暑期班还是很有收获。他已经在安阿伯中学注册就读七年级；下周二，也就是劳动节之后，就可以去上学了。

黛娜的母亲在伯明翰市的贝伯瑞路有一套殖民时代样式的五居室房子，她求女儿带家人搬过来一起住。这样罗比就可以就读伯明翰私立日校，而她可以送外孙去上学。她说他们不该从伊普西兰蒂市搬到安阿伯市。

杰拉尔丁说，你有责任保护好儿子。在伊普西兰蒂市和安阿伯市，惠特一家也太家喻户晓了；而在伯明翰市，人们说话、行事都更妥当。

黛娜对此深表怀疑。黛娜怀疑，现在中西部地区还有什么地方，或者说这个国家还有什么地方，还有什么人不知道“惠特”这名字。

《人物》杂志曾做过一个有关卡什的封面专题。哥伦比亚电视台则在《48 小时迷案》中聚焦“连环色魔杀手切斯特·卡什”。

媒体对一个事件大肆渲染：卡什控制罗比的 6 年中，罗比显然没有试过逃跑，或呼吁别人注意到他被囚禁的情形。即便那个恶魔强迫他在“保险箱”中待上数小时，持续对他进行性侵和折磨；即便那个恶魔带了另一个 8 岁的男孩到家里，这个叫“基甸·卡什”的孩子也没有反抗。

为什么这男孩在学校时没有告诉什么人？老师，朋友？为什么他不去找基塔廷尼瀑布区的警察求救？为什么他没试图逃跑？6 年啊。

这些问题没有答案。黛娜不让自己想任何答案。

她和惠特不讨论这个。除非你在罗比生活过的那个地狱生活过，否则你不可能知道。你也不可能判断。

媒体和网上散布着可憎的流言。黛娜知道，只是不确定。除了在网上看天气预报、菜谱、了解书友会的活动，她不再上网。她和惠特说，她绝不会再在网上搜索“罗比·惠特科姆”这个词，就如同她不会吞下一嘴玻璃。

惠特帮她挡开这些东西，黛娜也不想知道这些信息。

杰拉尔丁坚持说：“在一个新社区，有一个全新的开始，对你们所有人的身心都会有益得多。惠特在那家公共电台已经度过了大半部分成年生活。他应当得到另外一份工作——一份更稳定的工作，一份不依靠听众收听率和资助的工作。”

有一种不那么微妙的暗示，就是，杰拉尔丁会在金钱上帮助黛娜一家人。这是侮辱！——虽然黛娜知道母亲只是出于好意。

黛娜没和惠特提母亲的建议。她知道他会有什么反应。他会多么受伤和愤怒，他会大发雷霆。

告诉你母亲离我们远点。永远。

黛娜谢过母亲，然后婉拒了。

杰拉尔丁说：“你也许在犯错误，黛娜，待在密歇根州的那个地方。”她靠近一些，“和他待在一起。”

“母亲，那是我们要活着面对的错误。如果你为我们感到羞耻，我们也没有办法。”

“我并不为你们羞耻，黛娜！我爱你们。”

但是我们不爱你。我们不需要你，我们拥有彼此。

黛娜开车送罗比去上学，学校在第三大街，离家约两英里。

他们停好车，绕过大楼向前走。黛娜感到罗比越来越激动——她愿意认为那是激动，而非焦虑或害怕。

“罗比，这学校看上去很不错。”黛娜热心地说，就像她常常热心地和罗比说话那样，没指望罗比会作任何回答，“每个人都告诉我们，这里的老师非常优秀。”

确实是这样的。在为罗比登记注册后，她对遇到的所有行政人员和教职员工都留下了深刻印象。

科兹多伊医生也对这所学校赞誉有加。但科兹多伊医生自称是公办教育的坚定拥护者。

她也认为，和安阿伯市少数民族家庭的孩子们一起上学，罗比会调整得更好。科兹多伊医生认为，这些人对那些耸人听闻的小道消息最没兴趣。

科兹多伊医生也日益成为惠特家庭的一员。她（无形的）存在感越来越强。每周在她办公室的咨询对黛娜和惠特变得至关重要，因为在这些咨询当中，他们彼此的关系是一个持续的话题；每人都决定，为了罗比也为了他们自己，他们的关系要以尽可能好的方式呈现出来。

黛娜承认：也许我话太多了，太热心了！也许这会让人厌烦。

惠特承认：也许我太多疑，对这世界太悲观。

两人都没承认的是，不知怎么，我们的爱已经变成了别的什么。歉疚？

渐渐地，惠特开始尊敬科兹多伊医生。他开始称她为罗比的“好”祖母。

在他的崇拜者看来，自从儿子回到他的生活中，惠特有了明显改变。惠特刮掉了胡子，剪短了乱蓬蓬的头发，看上去几乎像个行政人员。

（可为什么呢？这是个秘密。）

（就连黛娜都不知道：在新泽西州警察局，惠特一看到“切斯特·卡什”的照片就决定刮掉胡子。那个人长满络腮胡子的下巴，齐肩的头发，大摇大摆的嬉皮式自负，都令惠特惊骇不已。他和这个色狼、杀人犯太相像了。）

（最令惠特吃惊的是，他相信，在2001年秋天“9·11”恐怖袭击事件之后，自己曾遇到过卡什。那时，惠特参加过一个名为“不分国界，手牵手”的外展服务，是安阿伯和底特律两地在韦恩州立大学校园举行的活动。在那里，有许多领导发表了讲话，其中有个“卡什牧师”。这人据说得到了神赐之力，与底特律市中心的非裔美国人永恒希望教堂合作。惠特不喜欢这人，因为他耶稣似的样子谦和得那么虚假，还有他那浓密坚硬的络腮胡子和“要刺穿人一般”的目光，都让人反感。惠特和集会者说完话后，卡什牧师走向他，和他握手……惠特的记忆就到那一刻为止，如在一阵白茫茫大雾里哆哆嗦嗦之后产生了健忘症。）

（惠特无法忍受，他不能允许自己想：他也许和那个疯子握过手。那个疯子在几年后，绑架了他的儿子，并且囚禁了6年。）

黛娜只是忍不住想，罗比觉得和母亲在一起比和父亲在一起更轻松，他父亲总是对他微笑。至少，他嘴部肌肉笑了。

微笑是侵略性的，黛娜认为。微笑就意味着要求有回应。

显然，要罗比回应微笑很难。惠特得在努力爱儿子方面表现得不那么明显。

黛娜受损的脸微笑得很有技巧，她会以合适的方式，在合适的时候笑。她也许会对陌生人微笑，打消他们的疑虑，是的，她知道自己的容颜受损丑陋：是的，但没有关系。她并不常常对罗比微笑，因为知道那会令他不安，就像一面镜子猛地推向他的脸，推得太近了。

让罗比知道，黛娜多么爱他，她曾经拼命阻止他从自己身边被夺走，这点对黛娜来说至关紧要。与这一事实比起来，她受再重的伤都无关紧要。在心理咨询期间，这个话题提出来时，黛娜看到儿子在凝视她。她看到他眼中的神情——我的母亲几乎为我死去。我母亲一定很爱我。

泪水润湿了她的眼睛。她从科兹多伊医生的方形纸巾盒里抽出一张纸巾。

一开始黛娜在新不伦瑞克的那家医院看到儿子时，看到这个男孩，她非常震惊——他瘦削的脸蛋，看上去那么虚弱的凹陷胸部，暗淡无光的眼神和受伤的嘴唇。可是，他长这么大了。他不再是幼儿，而是个男孩了。

一想到他们失去了儿子 6 年的童年时光，她就感到难受、晕眩。那是他们自己 6 年年轻的生命。

那个人从他们那里窃走了他们的一部分灵魂。没有任何惩罚，甚至是死亡，可以弥补那个损失。

“我现在认为死刑是必要的。我想，我可以自己来给那个魔鬼注射毒药。”黛娜愤怒地对惠特说，只说过一次。

惠特说：“我能用双手杀了他。”

但这些想法是没有意义的，黛娜知道。她做的瑜伽、冥想，还有罗比上暑期班时她慢慢康复的步行，都引她得出这个结论。

“可是，我永远不能‘宽恕’他。我的上帝！”黛娜大声说。

惠特对她皱皱眉，但没问她不宽恕什么。

惠特也惊于自己的想法。生活就像被惊吓的马群拖着他向前奔跑，不管他受了多严重的伤，多么精疲力竭。

我们多么幸福，儿子回来了。

然而，多么疲惫啊。每一天，每一小时。

等待着——什么？

他们在等待，等着听那个叫“切斯特·卡什”的人在面对长长的指控单时，是会认罪，还是会在援助律师的帮助下，依然奢望辩称“无罪”，哪怕他本人在全国已是声名狼藉。

不管是哪种情形，在密歇根州沃什特诺县都会有一场审判，罗比是在那儿被绑架的。还会在新泽西州勒纳佩县有一场审判，在那里，从 2006 年到 2012 年，罗比被囚禁，多次被性侵。

如果进行这些审判的话，可能会有其他分开进行的审判，卡什会因多项罪名受审：谋杀、绑架、性侵、囚禁。迄今为止，已经发现了三具男孩的尸体，就在离卡什基塔廷尼瀑布区住地大约一英里的野地里。

还有 8 岁的肯德尔，2012 年 5 月 26 日，他在新泽西州汤姆斯河附近的家中被绑架，后来被印第安纳警察在卡什的车里找到，卡什把孩子藏在一个“棺材大小锁着的箱子”里。因为这次绑架、性侵和囚禁，卡什也会受审。

卡什亡妻默娜的几个孩子都已是人到中年，他们坚持要求新泽西州默瑟县警方为母亲开棺验尸。默娜葬在格林德尔公园的一处墓地，就在特伦顿市的一个住宅区附近。他们声称她的“丈夫”切斯特·卡什一定是谋杀了她，却让她像是死于心脏衰竭的样子，好谋取她的保险金，继承她的房产。

几十年来，新泽西州还从未出现过卡什这样的案件。自从5月末以来，主要网络和电视都在轮番报道这一事件。卡什本人现在已被监禁，不准保释，在勒纳佩县男子看守所一间隔离囚室中。

只是经由卡什那个喋喋不休的律师夏恩·布雷迪，新闻材料得以定期披露给媒体，就是，他的当事人卡什牧师对所有指控罪行都辩称“无辜”，卡什不可能承认“罪行”。

罗比是被一群徒步旅行者发现的，当时，他们正行进在基塔廷尼群山中的一片荒芜地带。根据罗比混乱的叙述，他已经迷路两天两夜了。他说有人在“追赶”他——“要伤害他”。他已筋疲力尽，摇摇欲坠，语无伦次。如果没有帮助，他无法行走，所以徒步旅行者们打电话叫来医疗援助，把男孩抬到附近公路上。

他被送到新泽西州克林顿市一家最近的急诊室。他的情况恶化了，又被送往新不伦瑞克市的罗伯特·伍德·约翰逊儿童医院。在那儿，有一小段时期，他戴着呼吸器，通过食管进食。

他身体严重脱水，营养不良，贫血，并且惊厥。他的血压暴跌至高压59，低压60，心跳速度快得异乎寻常。

男孩身体的每一处，包括生殖器和肛门内外都发现有旧伤、伤口和伤痕。

在医院里，当男孩身体恢复了一些，可以说话时，他们问他问题，可他似乎不知道自己的名字，也不知道自己从哪儿来；他们认为他是个受虐儿童，被父母或父母中的一方抛弃了，是弱智或精神分裂症患者。然后，又过了几天，身体状况稳定下来后，他告诉儿童福利干事，他是从一个男人那里“逃跑”出来的，那人把他“囚禁”在基塔廷尼瀑布区索米尔路的一所房子里。

他说那个男人对他“很生气”，“想杀死”他。

他说那人要他拿一把铁铲到山里——“是要我死的时候了，我想。我要挖个大坑，然后他会把我和他别的儿子们埋在一起。”

当他们问男孩这男人是不是他父亲时，他说“是”——但过了会儿，又说“不是”。

问他这男人是谁，他犹豫了一下，轻声说：“‘父亲’。”

“父亲”？但这男人的名字是什么呢？

男孩默默地摇了摇头。

可你的父母在哪儿呢？他们问。

父母“把他卖掉了”，他说。他不知道父母住在哪里，也不知道他们是谁。那个男人和他说过，他们现在死了——“还去了地狱，那是上帝对他们的惩罚。”

这个无名男孩的照片一出现在新泽西电视上，基塔廷尼瀑布区的观众就打电话给警方，确认他是“基甸”，他和他父亲“切斯特·卡什”住在索米尔路的一座农场里。

追捕卡什的通缉令很快发出。然而，当新泽西州警方到达农场时，房子里已空空如也。住所没有车辆，房子里看上去似乎有人在匆忙间离开了。

通过一个国家失踪儿童数据库，他们确定男孩是“罗比·惠特科姆”：2006年4月，在密歇根州伊普西兰蒂市利伯蒂维尔购物广场被绑架。他们打电话给孩子父母，他们还住在伊普西兰蒂市的那套房子里，电话号码也没变。

警方开始在全国范围内搜捕“切斯特·卡什”。几天后，凌晨两点，他在印第安纳州特雷西霍特市附近的70号州际公路上被捕；印第安纳州警察看到了那辆克莱斯勒，那车与被通缉者的车辆特征相符，而且他们看到那车在公路上摇摇晃晃地行进，司机似乎处于半睡半醒状态。警察挥旗命令司机在路边停车。卡什跌跌撞撞地跳下车，想逃跑，却被按倒在地，戴上了手铐。

让警察惊愕的是，他们在车后部发现一个像是棺材的木箱，箱子上部有一个锁着的盖子，打开盖子后，发现里边有个小男孩处于半昏迷状态，已经严重脱水；孩子被送去当地急诊室，很快就被认出是新泽西州汤姆斯河附近的8岁男孩肯德尔，其父母报案说他几天前在自家后院失踪。

媒体大肆报道，州警察发现小男孩被囚禁在“像棺材一样的箱子”里时，多么令人惊愕和憎恶——“像是恐怖片里的东西，不过更糟的是，那东西是真的。”

基塔廷尼瀑布区认识卡什和他儿子基甸的居民告诉警察，卡什看上去似乎一直“非常正常”——他们觉得。他说男孩母亲去世了——他们从缅因州，也可能是密歇根州，搬到新泽西州。卡什喜欢和“其他父亲”待在一起，当他遇到他们时，比如，看棒球比赛时，或在烧烤聚会上，或在教堂里。他们在一起时，卡什很少让男孩脱离自己的视线；他不肯让男孩乘校车，从不让他到同学家做客。可最近，也就是过去几个月，人们常常看到男孩在乡村小路和镇上独自骑自行车。邻居麦金太尔一家人不以为然地说，这让人觉得，这男孩“没人关心”。

当发现索米尔路的农场里有两个男孩被囚禁时，所有的人都震惊了。

自从他试图从印第安纳州警察手里逃跑，自从他被捕，然后他被转送到新泽西州，卡什就拒绝和警方说话。如他自己所说，他在行使保持沉默的公民权利。

他的律师夏恩·布雷迪接受了多家电视台的无数次采访，这些媒体像是永远无法满足。经由律师，卡什的声明得以公布。卡什是一名“虔诚的基督教牧师，是上帝的人”，他“拯救了”遭受父母虐待的男孩；他把罗比从“坏母亲”手中救出来，而男孩也为能与他一起生活而心怀感恩。这将是卡什受审时的辩护词——“我的委托人声称自己‘行事超出世俗法律之外’——与‘更高的道德规范’相符。卡什牧师对暴力绑架和其他指控罪名，并不感到‘有罪’，因为他没有违反这个更高级的法律，所以他‘无罪’。”

惠特想，如果卡什坚持审判——坚持自己“无辜”，那将会是一场噩梦。如果他们敏感的儿子要被迫出庭作证，证明这人是绑匪和强奸犯，那会是场噩梦。因为罗比将不得不重新去回顾6年的囚禁和折磨。

这是场噩梦，如果他们的儿子要被迫再次去感受那恐怖的6年中的任何一部分。

"我想，上帝不会让这种事发生。上帝把罗比还给了我们，他不会再惩罚罗比和我们了。"

"如果我能用双手掐死他，那将是上帝仁慈的体现。"

惠特这么说。他握紧拳头，又松开。

惠特的电子手表显示，现在是中午12点19分。而罗比还没出现在楼梯上，或者出现在中厅上方三楼的开阔处，他有可能在那儿，靠着栏杆对下边的父母挥手。

"也许你可以到洗手间看看？或者也许——在科兹多伊医生办公室……"

"黛娜，他不会和她在一起这么长时间。就算他在，科兹多伊医生会打电话告诉我们。"

他们习惯咨询过后，一家人和科兹多伊医生一起在附近某个餐馆吃午餐。这些时候，黛娜和惠特海阔天空地说，罗比则在一旁静静坐着，眼帘下垂。在接受科兹多伊医生的咨询后，惠特夫妇会很激动，若是算不上兴高采烈的话；罗比则比平时更加沉默寡言。

他在想什么呢？他是在——回忆吗？

可他在回忆什么呢？

惠特乘升降扶梯上了三楼，去那里的男洗手间查看。然后，他查看了二楼的男洗手间。最后，是一楼的男洗手间。

有一次，那是几周以前，当时，罗比在接受完咨询后没有出现，惠特就去找他，发现他在三楼的男洗手间。

惠特走进洗手间，听到一个小隔间里传出一阵痛苦压抑的声音，像是呜咽声。

他还听出那像是身体不适的声音。肠胃疼痛，腹泻。他儿子在难受，在小隔间里，但惠特知道，儿子希望自己悄悄地难受，不想被人看见。所以他退了出来，回到中厅和黛娜一起等儿子过来。

惠特对黛娜说，罗比在男洗手间。没什么，几分钟后他就会下来。

情形正是那样。罗比从楼梯上缓缓下来，如在梦中一般，脸色苍白，僵硬地支撑着自己。他似乎过了一会儿才看到父母，没有认出他们；然后，他举起了手，孩子气地致敬一般。

嘿，妈妈，爸爸。

罗比的声音微弱、无力、机械。他的眼神始终在躲闪。

黛娜咬了咬下唇，缓缓走向罗比，无言地抱住他。

嘿，妈妈，我没事。

罗比的手上有香皂气味。他在洗手间用力地洗手。

还有一次，惠特发现罗比在三楼，但这次不是在洗手间。他蹲在走廊尽头的一个角落里，头低到膝盖上，脸藏着，好像在睡觉，或太累了。惠特小心地走近他时，罗比战栗了，似乎觉察到有人走近，但他没抬头看。当惠特蹲下来和他说话，拥抱他时，他有几秒钟没反应。

嘿，爸爸，我没事。

现在惠特乘电梯上了三楼。黛娜漫步走出中厅，沿走廊走向大厦前面的大厅。沃什特诺大厦有医生办公室、写字间和套房。这座大厦几年前才建成，有色玻璃幕墙很显眼。这是 9 月初一个周日的上午，大厦里人很多，甚至有坐轮椅来的。这些人中，有一个比黛娜年轻的女人，脊柱弯曲，笑容僵硬，一个也许是她兄弟或丈夫的男人陪着她。黛娜朝那女人不安地微笑了一下，而女人的目光一掠而过，没注意到她。

黛娜从旋转门出了大厦，一股热浪立即扑面而来，可黛娜在炎热的空气中却不由自主地颤抖起来，空气压迫着她的肺。

我是多么幸福啊。上帝保佑我们。

她不是真正的信徒，不常到教堂做礼拜。但对她而言，如果真有上帝，这个上帝终于保佑了她。

保佑了她和惠特，把儿子还给了他们。

把儿子还给了他们。这男孩是他们的孩子。

在监狱和拘留所，像卡什那样的儿童谋杀犯常常会被同狱犯人乱棍杀死，喉咙被割断，鲜血喷涌而出。也许他会在审判前死掉，也许上帝的仁慈无处不在。

他们的儿子叫他“父亲”。这是罗比给警方的一句证词，黛娜没看过的一个录像带里的证词，但惠特给她描述过。

“父亲”！她祈祷上帝会让他的仁慈和正义无所不在。

黛娜一路神情恍惚地走着，不记得自己在做什么，在哪儿，在找谁；然后，她想起来了，发现自己在沃什特诺大厦后面，在炽热的阳光下。黛娜并非真的感到一切还好：在灵魂深处，她感到很恶心。那个在孩子面前自称“父亲”的男人难道没有意识到这一点？

左边是个停车场；右边是个户外咖啡吧，咖啡吧直通大厦，从那里可以进入大厦中厅。她会再进入中厅去等惠特和罗比；她不着急进去，因为不想在惠特和罗比回来之前先到，那会让她不安。

她在露天餐区绕着桌子走着，看到陌生人的目光掠过她，会稍作停留——（那女人有问题吗？）——黛娜看到了，或者认为自己看到了——实际上，她在看——一个像罗比的男孩，坐在窗台上，在阳光照不到的地方。几米外，有个男人坐在餐区一张圆形铁桌旁；起初，黛娜认为这是惠特，但当然不是。陌生人有点逗乐般地跨坐在椅子上，面对男孩，他在和男孩说话。他穿着卡其布短裤和无袖T恤，露出二头肌和强健的肩膀；他腿部肌肉发达，毛茸茸的；脚上穿着人字拖鞋。他40多岁，晒黑的脸显得很亲切，下巴有少许胡子茬，头戴一顶底特律老虎队的棒球帽，帽檐俏皮地转向侧面。

黛娜心跳停了一下：她看到了。

男人正友善地跟罗比说话。很可能，他正在问些友好的问题，看上去对人没威胁。罗比可能在听他说话，虽然，罗比并没有看他，而是弓着背，狼吞虎咽地吃腿上纸盘子里的食物。

这男人为罗比买了食物？或者分了一点自己的食物给罗比？

男人给罗比一个塑料瓶，让他喝口水。罗比迅速摇摇头，黛娜太熟悉这姿势了，因为她看到过那么多次——不用，谢谢。

黛娜腿脚颤抖着走近。她祈祷，亲爱的上帝啊，现在别让我的膝盖发软！

罗比看到她了，他抬起了头。他在吃汉堡，也可能是夹干酪和碎牛肉的三明治；嘴唇油腻腻的，下巴上有一点番茄酱，他很快用手背抹掉。

戴棒球帽的男人悄悄从椅子上起身，走出了咖啡吧，再没回头看一眼。

现在，罗比一边用皱巴巴的纸巾使劲擦嘴，一边笑眯眯地望着她，声音轻柔而平静：“嘿，妈妈。”

图书在版编目(CIP)数据
鬼父 /（美）乔伊斯·卡罗尔·欧茨（Joyce Carol Oates）著；杨柳川译.
—南京：译林出版社，2018.5
书名原文：Daddy Love
ISBN 978-7-5447-7244-0

I.①鬼… II.①乔… ②杨… III.①长篇小说－美国－现代 IV.①I712.45

中国版本图书馆CIP数据核字(2018)第001956号

著作权合同登记号　图字：10-2014-497号

鬼父〔美国〕乔伊斯·卡罗尔·欧茨／著　杨柳川／译

责任编辑　陆元昶
特约编辑　杜姗姗
装帧设计　灵动视线
校　　对　刘文硕
责任印制　贺　伟

原文出版　The Mysterious Press, 2013
出版发行　译林出版社
地　　址　南京市湖南路1号A楼
邮　　箱　yilin@yilin.com
网　　址　www.yilin.com
市场热线　010-85376701
排　　版　灵动视线
印　　刷　三河市祥达印刷包装有限公司
开　　本　960毫米×640毫米　1/16
印　　张　15.5
版　　次　2018年5月第1版　2018年5月第1次印刷
书　　号　ISBN 978-7-5447-7244-0
定　　价　30.00元

图书在版编目（CIP）数据

Dandy Love

ISBN 978-7-5447-7244-0